MONSIEUR BOT

TOME I.

CABINET LITTÉRAIRE,

COLLECTION UNIVERSELLE DES MEILLEURS ROMANS MODERNES.

OEUVRES COMPLÈTES

DU

BIBLIOPHILE JACOB.

TOME VI.

⋙⋘

LES DEUX FOUS.

II.

OEUVRES COMPLÈTES

DU

BIBLIOPHILE JACOB.

60 vol. in-12.

A 1 FR. 50 CENT. LE VOL.

———————

SOIRÉES DE WALTER SCOTT, 4 vol.
LES DEUX FOUS, 4 vol.
LE ROI DES RIBAUDS, 4 vol.
UN DIVORCE, 2 vol.
QUAND J'ÉTAIS JEUNE, 4 vol.
CONTES DU BIBLIOPHILE JACOB, 4 vol.
LA DANSE MACABRE, 2 vol.
VERTU ET TEMPÉRAMENT, 4 vol.
CONVALESCENCE DU VIEUX CONTEUR, 2 vol.
LES FRANCS TAUPINS, 6 vol.
LE BON VIEUX TEMPS, 4 vol.
MÉDIANOCHES, 4 vol.
LA FOLLE D'ORLÉANS, 4 vol.
PIGNEROL, 4 vol.
UNE FEMME MALHEUREUSE, 4 vol.
DE PRÈS ET DE LOIN, 4 vol.

Les romans nouveaux du Bibliophile Jacob viendront se joindre successivement à cette collection.

Un vol. séparé de chaque ouvrage se vend 2 fr.

Fontainebleau, imp. de E. Jacquin.

LES
DEUX FOUS,

HISTOIRE

DU TEMPS DE FRANÇOIS Ier.

PAR

P. L. JACOB,

BIBLIOPHILE.

> Livres nouveaulx, livres viela et antiques.
> ESTIENNE DOLET.

TOME SECOND.

PARIS,

GUSTAVE BARBA,

ÉDITEUR DU CABINET LITTÉRAIRE,

COLLECTION UNIVERSELLE DES MEILLEURS ROMANS MODERNES,

RUE MAZARINE, N° 34.

1838.

TE

LES DEUX FOUS.

LES DEUX FOUS.

III.

Au renouveau , jeune accorte pucelle
Chevaulchoyt lors par l'air frais qui ventoyt,
Sise à la crouppe , et son galant en selle,
Qui tout à part en soupirs esclatoyt ,
De grand amour enflambé pour icelle.

LES VIATEURS AMOUREUX.

Au déclin du jour , un jeune cavalier ,
ayant en croupe une dame voilée (selon une
manière de voyager fort usitée à cette époque
et jusqu'à la fin du siècle) , entra dans Paris
par la porte Saint-Honoré.

Cette portée , formée d'une arche et flan-
quée de deux tours rondes , fut bâtie non
loin des Quinze-Vingts , sous le règne de
Philippe-Auguste , qui , en fermant de mu-

railles sa bonne ville, nicha sur chaque
porte ùne image de le sainte Vierge avec
l'enfant Jésus entre ses bras.

Le jeune homme et la dame avaient tous
les deux si bonne mine, que les archers du
guet sortirent de leur corps-de-garde pour
les regarder passer, et un de ces archers,
voyant le couple voyageur chevaucher ainsi
pensif et silencieux, dit à ses camarades :

— Par la croix du Trahoir! ceux-là,
m'est avis, sont amoureux chétifs, saoulés
de leurs ébats, qu'ils ne sonnent mot en
bouche et tendent à dormir de plein somme!

A ces mots, prononcés d'une voix moqueuse et accompagnés des rires de l'assistance, le jeune homme inconnu se retourna,
le visage rouge de colère, et donna de son
fouet à travers la figure du soldat, qui s'enfuit en criant à l'aide ; les autres s'armèrent
de leurs pertuisanes, et coururent contre
l'agresseur, qui arrêta son cheval pour les
attendre.

— Holà! leur cria-t-il, ferai-je manger
la lame pointue de mon épée au fin premier
qui s'approche! N'est-ce point de votre of-

fice, malandrins, que les passans soient in-
sultés à la porte Saint-Honoré?

— Caillette! lui dit la dame troublée et
presque défaillante : ces gens-là vont se ruer
sur nous par votre grande imprudence;
merci de vous et de moi!

— Arrière! cria Caillette, prenant un ton
et un air d'autorité; loin, maîtres ivrognes,
ou le sang coulera en ruisselets au lieu de
vin! Aussi bien, n'ai-je loisir de battre le
fer avec des soudards tels que vous êtes :
sachez donc que suis serviteur et ami de
notre sire le roi François.

Cette vive allocution produisit plus d'effet qu'il n'en espérait, et le seul nom du roi
empêcha un combat qui eût été inégal et
sanglant.

Les soldats demeurèrent étonnés et indé-
cis, jusqu'à ce que le jeune homme, piquant
des deux et rassurant de la voix sa timide
compagne, se fût mis hors de la portée de
ses adversaires, qui, sous peine d'être pendus, ne pouvaient quitter leur poste, et qui
craignirent de s'attaquer à un gentilhomme.

— Celui-ci avait traversé des rues étroites

et mal pavées, dans l'obscurité desquelles brillaient à peine, de loin en loin, les lueurs des fenêtres et quelques lanternes errantes çà et là ; le cheval, fatigué d'une longue route, pliait sous son double fardeau, et trébuchait à chaque instant dans les ornières pleines d'eau croupie et de boue noire.

Caillette, quoique habile écuyer, cessa d'exciter sa monture à coups d'éperon, et, s'affermissant sur les arçons, la laissa reprendre son pas lent et pénible, car ce cheval n'était pas dressé à porter une noble dame, mais seulement la farine au moulin.

— O l'indigne palefroi ! dit Caillette en souriant, il ne sait l'honneur que vous lui faites de le monter, madame, et rechigne à trotter sous vous, comme si ce fût son vrai maître le meunier.

— Au contraire, répondit la dame, je nie que ce bon et brave cheval ait encouru blâme aucun, depuis qu'il fut, au partir d'Anet, d'un meunier qui passait acheté dix écus-au-soleil (prix non exorbitant, à considérer l'urgence, et alla l'amble si persévéramment, qu'il est arrivé, quasi mort

et tout essoufflé là où nous avons affaire :
donc je le loue trop mieux que Pégasus ou
Bucéphalès.

— Ce n'est rien que trente lieues à cou-
rir, en l'espace d'une nuit et d'un jour !
j'eusse souhaité avoir en mon petit pouvoir
le Chariot qui est aux astres, pour vous
conduire plus vite et commodément. Mon
cœur se fend de penser que ce mauvais chemin a lassé votre chère personne, gâté
votre teint si précieux, et souillé de fange
vos beaux atours.

— Ah ! combien plus, Caillette, mon
pauvre cœur se fend de savoir que messire
de Saint-Vallier, mon très-digne père, s'en
va être jugé à mort, pour crime de lèse-
majesté ! Je m'ébahis grandement que monseigneur mon époux résidant à Paris, hors
de Normandie où devrait le tenir sa charge
de grand-sénéchal, ne m'ait baillé nouvelle
quelconque de ce rude étrif ! Est-ce pas
d'ailleurs pour se venger de ce que suis
moult joyeuse de son absence, et l'aime trop
mieux de loin que de près ?...

— J'admire, belle dame, que la trahison

insigne de monseigneur le connétable de
Bourbon ne soit venue à votre connaissance ;
car il n'est pas, en cet univers, lieu tant
reculé et sauvage, où la déesse Renommée
n'ait embouché sa trompe à cet objet.
Anet, votre château de séjour, est-il
tellement sourd qu'il n'en ait ouï le
bruit ?

— Voirement, Caillette, en cette grande
ville de Paris il n'y a sans doute marchande
d'herbes ou vendeur d'orviétan, de qui ce
piteux récit n'ait ému les oreilles et l'entendement ; mais autre est de moi, qui, du
jour de mes noces, à savoir du 14e de mars
1514 (j'avais lors quatorze ans d'âge), ai
mené vie de cloître (plus dure toutefois !),
recluse en mon logis, priant, jeûnant de
toute sorte, et mourant de vivre ainsi ; car
mon très cher père m'a pourvue d'un mari
noble en naissance, richesses et honneurs,
mais plus malplaisant qu'un de plus bas
lieu ! Las ! hélas ! j'en ai fait pénitence,
par devant mon confesseur, et j'ai pour-
pensé à part moi qu'un tel mari serait plus
volontiers moine, s'il y avait cœur, puisque

nonain en son moutier ne fait rien que je
ne fasse.

— Sur mon ame! j'en pleure de dépit,
et sans désirer mal au prochain, j'ai regret
que votre époux et ami ne soit d'aventure un
autre que je sais...

— Néanmoins, interrompit-elle, pour la
prime et dernière fois, je me réjouis, par
bonne intention, d'avoir épousé monsieur
Louis de Brézé, qui est en crédit et belle
posture à la cour du roi notre sire.

— A ce prix, voudrais-je aussi, pour
loyer de mes petits services, que soyez contente de l'aide que vous portera monsieur
le grand-sénéchal, aux fins d'impétrer la
grace de messire de Saint-Vallier!

— J'exalte mon espoir tant que je puis,
et j'ai bouté en mon esprit ferme résolution de n'épargner ni pleurs, ni cris, ni
prières, ni chandelles à la Sainte-Vierge, à
qui je suis sacrée, malgré les droits du dieu
Hyménée.

— M'aide Dieu, si monsieur le grand-
sénéchal ne nous aide à pousser la roue de
fortune! j'ai grosse peur que madame d'An-

goulême, mue par la haine de monsieur le
connétable, soit plus forte que lui et tout.
Ajoutez à cela que monsieur de Brézé ne
demeure à Paris que pour ses intérêts pri-
vés, assez peu attaché de sa personne,
m'est avis, au seigneur de Saint-Vallier.

— Oui-da, je sais bien que monsieur mon
époux est, de longue main, ennemi moult
envieux de monseigneur mon père, et point
n'en veux d'autre preuve que son dessein
de me céler le péril où est en proie ce bon et
condigne vieillard... Mais, en cas que l'arrêt du Parlement soit cruel à ce point que
j'appréhende moi-même, aux genoux du roi
François (lequel ne m'a vue onc en sa cour,
sinon au baptême d'un fils de monsieur de
Bourbon, à Moulins, voilà tantôt six ans de
ce), j'irai, suppliante et habillée de deuil,
réclamer, à mains jointes et à larmes, la
grâce du comté de Saint-Vallier, et le roi
octroyera certainement à la fille ce qu'on
dénie au père, à savoir rémission entière
ou commutation de peine.

— Ah! comme j'ai regret d'être si mé-
diocre personnage que je suis, ayant vergo-

gne de mon état de fou du roi! Que si j'avais
couronne au chef et omnipotence en main,
vous seriez dispensée de semblable prostra-
tion et intercession, d'autant que vos désirs seraient despotes et seigneurs des
miens!

— Vous êtes des plus zélés à mon service, bon Caillette, et je prie votre ange
gardien qu'il vous rémunère du mieux qu'il
se pourra. Mais j'ai souci de penser que de
nul ici ne suis connue, et qu'un chacun
ignore si Diana existe; or à qui m'en irai-je
plaindre de ce que mon pauvre vieux père
soit tant iniquement accusé? car fonder
quelque espoir en l'appui de monsieur mon
époux, c'est édifier sur le sable; aussi je
ressens deuil extrême!

— Ma chère dame, ayez d'abord fiance à
la bonté du très-haut Salvateur, puis assurance de mon grand vouloir, puis recours
en l'innocence de monseigneur de Saint-
Vallier; puis enfin égard à la justice de
Messieurs du Parlement.

— Outre toutes ces chances favorables,
j'aurai en mains les supplications à la per-

sonne du roi, par-devant qui vous m'allez tantôt introduire!

— C'est trop vous paître de telle chimère, madame, vu qu'à cette heure, et pour un long temps, le roi notre sire est à son château de Fontainebleau, avec madame de Châteaubriant, sa maîtresse.

— Ah! que ne le disiez-vous devant que de sortir d'Anet! Pourquoi ai-je trop follement quitté la maison de monsieur mon mari, puisque celui qui me peut tirer de peine n'est point au lieu où je viens? est-ce de votre part négligence, moquerie ou envie de me nuire, car ma venue précipitée semblera fuite à la plupart, et partant, déshonneur?

— Oh! nenni, madame; le roi est non participant à cette affaire, et sa mère seule, la duchesse d'Angoulême, sous le conseil de monseigneur le chancelier, mène à mal le procès des gentilshommes.

— Donc, à cette méchante princesse j'irais en vain me récrier, et ainsi n'aurai-je fait cet imprudent voyage que pour ouïr l'arrêt de mon vieil et honoré père?

— A Dieu ne plaise! Mais je m'en vais
aviser au meilleur expédient, et madame
d'Alençon, sœur du roi, vous est un bon
auxiliaire; j'y mourrai, madame, ou impé-
trerai la grâce de monseigneur de Saint-
Vallier, en la maison de qui fus nourri par
louable hospitalité, comme son propre fils
plutôt que son petit serviteur!

— Caillette, ce que je vous devrai passe
d'autant ce que vous devez, et pour témoignage de ce, je prétends, la grace de mon
père signée, vous embrasser en présence
des dames et seigneurs de la cour.

— Mon cœur en tressaute de joie, et
rien qui soit au monde n'eut pouvoir de me
réjouir à l'égal de cette promesse solennelle!
Nous voici tout-à-l'heure chez mon ami le
greffier Malon, au logis duquel vous de-
meurerez comme étant ma parente de sang
maternel.

— Ce soit chose convenue : agissez cependant à votre guise, et j'estime que vous
ne ferez pas moins que vous avez jà fait;
adonc, dépêchez tôt de sauver mon pauvre
père, afin que, si possible est, je revienne

à mes foyers domestiques, sans que monsieur le grand-sénéchal ait soupçon de mon échappée.

— Si tel est votre souhait, madame, pour ne pas trahir notre feinte, déguisez bien à propos quelle vous êtes vraiment, et davantage l'intérêt que vous portez à monseigneur de Saint-Vallier !

— Je cède à tout, comme il vous plaira, et voire, je me résigne de sécher mes larmes, quoi qu'il m'en coûte. Suivant votre engagement, faites d'abord que je sois consolée et affermie par l'aspect de monsieur de Saint-Vallier ; je vous aurai gratitude éternelle, de l'instant qu'entrerai dans sa prison.

— Madame, que si j'étais magicien, vous seriez obéie à la parole ; mais, vous dis-je, ne pouvant tout ce que je veux, je suis content, pourvu que satisfasse à votre seule volonté. Dès à présent, je désire me métamorphoser en pluie d'or, à l'instar de Jupiter forçant la tour de madame Danaé. Il n'eût pas fait de même de la tour carrée du Palais !

Ils avaient remonté la rue de l'Archet-
Saint-Merry, ainsi nommée d'une ruine de
l'ancienne Porte-Paris, qui subsista jusqu'à
la fin du règne de François Ier; ils passè-
sèrent le Pont-au-Change, bordé de maisons des deux côtés; à droite, cinquante
boutiques de change; à gauche, soixante-
quatre forges ou orfévreries, selon les pri-
viléges accordés par les rois précédens aux
changeurs d'or et d'argent, commerce fort
lucratif en ce temps-là.

Caillette arrêta sa monture devant une
maison haute, étroite, noire et dégradée,
ayant deux uniques fenêtres de face à chacun de ses trois étages, et surplombant
d'une demi-toise avec son pignon de bois
sculpté; il quitta lestement la selle, et tint
l'étrier à la jeune dame, pour l'aider à
mettre pied à terre; puis, frappant à une
petite porte garnie de grosses têtes de clous,
il attendit long-temps avant qu'on vînt
ouvrir.

— La fièvre quartaine vous tienne! dit
aigrement Triboulet, qui parut sur le seuil,
non plus en costume de fou, mais enveloppé

d'un manteau de drap noir, avec un feutre
sans plumail. Qui est-ce qui joue du mar-
teau à l'huis de maître Malon ? voyons-çà,
fût-ce l'ame en peine de certain gibier de
potence, lequel s'en vient payer le greffier-
criminel de ses écritures?

— Ventre-Saint-Guenet! s'écria Caillette,
monsieur le fou, depuis quand êtes-vous
portier de céans ?

— Ventre-bœuf ! c'est mon fils Caillette,
qui retourne d'un pèlerinage aux coquilles !
et cette pucelle voilée, serait-ce pas la pa-
tronne ?

— Bonjour, bonsoir, bon an, monsieur
le fou ! tirez d'ici, et allez où il vous siéra,
pour faire votre métier d'espie.

— Adieu, compère ; mais tenez-vous prêt
d'être tancé de votre absence et désertion.
Grand bien vous advienne en vos amours!

Caillette, las de ce colloque en plein air,
fit entrer dans la maison sa compagne toute
tremblante de cette rencontre, et, amenant
le cheval par la bride, poussa la porte sur
les épaules de Triboulet, qui se mit à rire

et à chanter en s'éloignant par les rues sombres et solitaires.

— Où me conduisez-vous de cette sorte? demanda la dame effrayée de l'obscurité où elle se trouvait.

— N'ayez crainte, reprit Caillette tâtonnant le mur humide : le soin de votre sûreté m'appartient du tout, et si ne souffrirais qu'on vous ôtât un cheveu de la tête!

A ces mots, il leva le loquet d'une porte, et une faible lumière courut le long de la muraille opposée.

— Holà! cria une voix nasillarde, le diavole est-il en mon logis, que ce vacarme insolite va continuant? De par mon encrier! je veux dresser requête à monseigneur saint Jean, patron des greffiers et scribes!

— Dieu vous doint longue et belle vie, maître Malon! répliqua sur-le-champ Caillette; c'est quelqu'un de vos amis qui se recommande du nom de Caillette.

— Viens çà, mon très-cher fils en folie! sois le bien venu cejourd'hui, comme toujours, et fais appel de ma fâcheuse humeur, par devant mon amitié! Pardonne : quand

ii.   1.

la main travaille de la plume, comme fais-
je présentement, aussi l'esprit est-il travaillé de la bile ; de ce, je m'excuse en
t'embrassant.

— Maître Malon, je vous requiers à son
de trompe, s'il le faut, de m'alléger d'un
ennui, en étant l'hôte d'une mienne parente, laquelle vient à Paris poursuivre un
procès :

— Prenez place, madame ou damoiselle,
et vitement, afin que je sache de votre bouche le menu dudit procès, qui peut-être est
en mes sacs.

— Non, maître Malon ; madame ci-pré-
sente n'a point encore intenté d'action ; et
vos avis, ai-je pensé, lui profiteront d'autant mieux qu'elle est fort ignorante du train
des cours de justice.

— Voici ma main, Caillette, que veille-
rai au susdit procès et le mettrai en bonne
voie, de par le droit et la loi. Un mot :
comment a nom cette gente dame, qui veut
avocasser et dépenser en informations, si-
gnifications, actions, subrogations, protes-
tations, déclarations ?...

— Elle a nom Diane, et ne veut être ap-
pelée autrement. Dites, vous est-il pas agréa-
ble de la loger, héberger, jusqu'au gain de
sa cause? Je tiens en poche vingt écus d'or
marqués, pour les frais de séjour qui seront
à votre dévotion : marché fait ?

— Baillez-moi, monseigneur, ladite somme, qui sera mieux à l'abri en mon coffre
qu'en votre bougette?

— Dame Malon viendra-t-elle pas garan-
tir le traité qui la rend hôtesse de madame
Diane, le temps que durera le procès ?

— Madame ma femme est fort empêchée
à grignotter les sept psaumes du roi David,
qui sont la pénitence ordonnée par son confesseur, et si ne descendra-t-elle de sa
chambre devant le jour levé ! ce pendant
que, cette nuit je récrirai et changerai le
blanc en noir, pour le procès criminel de
messire de Saint-Vallier, lequel sera jugé
demain sans faute, les Chambres assem-
blées.

A ces paroles du greffier, Caillette tourna
la tête et courut vers Diane, qui, se sentant
défaillir, s'était assise sur une escabelle ; il

ôta le voile qui la couvrait et laissa voir aux
regards étonnés de Malon un charmant visage pâle et immobile, comme si le froid de
la mort l'eût glacé. Quelques mots que Caillette dit tout bas à l'oreille de Diane furent
plus efficaces que les soins empressés du
greffier pour r'ouvrir ces beaux yeux qui
semblaient fermés à jamais.

— Hélas ! murmura-t-elle avec des pleurs
silencieux, vrai est que je suis venue trop
tardivement, et mieux était de ne venir
point.

— Ma chère dame, dit Caillette, la lassitude du chemin a causé cette subite défail-
lance, et vous ne vous coucherez sans souper. Or çà, maître Malon, voici l'argent et de
quoi chauffer la poële : faites que tôt la table soit mise et le vin tiré.

— De par Dieu ! le compte y est, et vous
payez bien les épices ; mais j'entends votre
cheval qui, battant du pied, sollicite l'écurie
et le picotin que je vais lui bailler, de par
vos beaux écus sonnans.

Lorsque le greffier eut emmené le roussin
normand dans un bouge voisin, où sa mule

efflanquée dormait sur une litière de quinze
jours, Caillette, essuyant deux larmes ruis-
selantes sur ses joues décolorées, demanda
doucement à Diane si elle était remise de
son émotion.

— Mon petit serviteur, répondit-elle avec
un demi-sourire, en apprenant que monsieur
mon père sera jugé demain, j'ai été si très-
fort interdite, que cette pâmoison semblait
emporter mon ame avec elle; car je sais
mal feindre et abuser : aussi, le mystère
qu'il me faut ici garder outrepasse mes
forces.

— Donnez-vous garde, je vous adjure, de
faire connaître votre nom et état à maître
Malon, qui est trop plus habile de langue
que de plume. Il importe que nul pénètre
en nos desseins, crainte que les ennemis
de monseigneur de Saint-Vallier n'y soient
contraires.

—Oui ; mais pourtant, au jour de demain,
monsieur mon père, sur la sellette, enten-
dra son arrêt, et en cette demeure, les
crieurs publics le proclameront tout d'a-
bord !

— Est-ce l'occasion de vous désespérer,
ma bien chère dame? En cette soirée, si
m'aide Dieu, madame Marguerite, la tant
bonne et favorable princesse, connaîtra le
gros et le menu de vos inquiétudes poi-
gnantes pour le cas présent; après quoi, je
m'informerai de monsieur votre mari, lequel habite secrètement l'hôtel Saint-Paul.

— Ce sera bien fait, ce que ferez, mon
ami, et suis toute en votre merci; mais il
n'y a presse de voir monsieur le grand-sénéchal; songez plutôt que n'aurai d'aise
jusqu'à ce que j'aille visiter en sa prison
M. de Saint-Vallier : il ne me chaut du
reste, au prix de cette jouissance filiale, et
quoi qu'il advienne après, me tiendrais bien
heureuse de posséder la vue de mon infor-
tuné père, qui sera jugé criminellement
demain, et, possible, exécuté à mort...

— Loin cette lamentable idée, ma très
belle dame! Toutefois, malgré l'heure avan-
cée, ne puis-je retarder de vous servir à
votre gré; et demain, d'une ou d'autre façon, monseigneur de Saint-Vallier accolera
ce qu'il aime plus que la vie.

— Un mot : ce vénérable vieillard, à votre avis, est-il pas innocent ?

— Certes, madame, à son instar et par cartel, comme il fit de la tour de Loches, je porterais défi à toutes armes contre quiconque dirait menteusement qu'innocence ne siége point sous cette tête chenue; en preuve du contraire, je verserais mon beau sang goutte à goutte, vous-même séant au combat à outrance!

— Pauvre Caillette, gens de ton office guerroient, cornemuse ou marotte en main!

Ces mots prononcés sans maligne intention, n'échappèrent pas à Caillette, qui soupira et laissa tomber sa tête sur sa poitrine pour cacher sa rougeur, tandis que maître Malon rentrait à pas comptés, chargé de l'attirail du souper.

— De par Bacchus, roi des buveurs! s'écria-t-il, mon compère Caillette paiera son écot en chansons, folâtreries et balivernes, toutes choses de son ressort, et moi, comme greffier-criminel, ferai la collation des pièces. Ma gente hôtesse, que si vous avez un ami voyageant outre-mer, je boirai à la conser-

vation de la santé sienne et mienne à la fois.
Sur ce, la séance est ouverte à huis-clos !

Pendant ce soliloque, le greffier avait
dressé une table assez frugalement servie,
mais portant un grand broc, nommé *breusse*,
dont ses narines épanouies aspiraient les
parfums vineux : il invita ses hôtes à s'as-
seoir, et les encouragea d'exemple : Diane,
livrée à ses tristes pensées, n'eût pas fait
honneur à cette invitation, si Caillette ne
l'avait engagée à prendre place ; elle refusa
néanmoins de goûter à ces reliefs du dîner
le plus parcimonieux, et, insensible aux
joyeuses agaceries de maître Malon, qui
remplissait sans cesse les verres et les as-
siettes, elle le laissa manger et boire seul,
de manière à compenser le manque d'appétit des deux autres convives.

Caillette, qui faisait semblant de répondre
aux défis bachiques de son hôte, n'avait
garde de perdre à table des momens précieux pour agir : un coup d'œil oblique jeté
sur des parchemins et des registres qui se
trouvaient là lui donna envie de les lire, et
cette lecture furtive aurait suffi pour la dis-

traire du souper. Diane interrogeait avec
anxiété tous les mouvemens de Caillette et
les diverses expressions de son visage.

Caillette était un grand et beau jeune
homme de vingt-quatre ans : la perfection
des formes du corps, la noblesse du maintien, une physionomie spirituelle et tou-
chante, l'élégance du langage et la grâce
des manières, tout s'accordait pour démen-
tir la bassesse de son origine, et le fils d'un
fou du roi avait en sa personne plus de
qualités naturelles que le roi lui-même.

Le connétable de Bourbon avait bien jugé
Caillette dès son enfance, et, pour éviter
que de si louables dispositions de corps, de
cœur et d'esprit, se gâtassent dans la so-
ciété des pages, des singes et des perro-
quets, il avait prié le comte de Saint-Vallier
de faire élever sous ses yeux cet enfant avec
plus de soin que n'en comportaient sa naissance et la condition d'un domestique.
Caillette profita de ces leçons, qu'il parta-
geait avec la jeune Diane de Poitiers, fille
unique de M. de Saint-Vallier.

Quand des intérêts de fortune eurent

formé l'alliance de Diane avec M. de Brézé,
grand-sénéchal de Normandie, Caillette,
qui avait montré jusque là l'insouciance et
la légèreté ordinaires à son âge, prit un caractère sombre et mélancolique; il continua
de se livrer à l'étude, pour y chercher un
adoucissement aux souffrances de l'ame;
mais il paraissait déjà las de l'existence, et
la célébrité de son père, à titre de premier
fou du roi, était pour lui une source amère
de chagrins.

Le baptême d'un fils du connétable attira
les amis de ce prince et les grands seigneurs
de la cour à Moulins, où François Ier se-
rendait pour tenir sur les fonts l'héritier de
la maison de Bourbon : Caillette dut accom-
pagner M. de Saint-Vallier; Diane, qui,
victime résignée du mariage, languissait en
son château de Brézé au fond de la Normandie, sous la tutelle sévère d'un mari
jaloux, vint aussi de son côté à Moulins
pour y rejoindre le seigneur de Saint-Vallier qu'elle avait quitté depuis trois ans.
Son compagnon d'enfance, Caillette, la re-
vit, et un rayon de bonheur traversa comme

un éclair la noire et profonde tristesse du
jeune homme.

Mais pendant les fêtes du baptême, le
vieux Caillette, qui exerçait sa charge de
fou du roi avec une singulière vanité, se
pendit de désespoir pour avoir été vaincu
en folie par son camarade Triboulet; François 1er fut plus sensible à cette perte qu'à
celle d'un ministre, et, afin de perpétuer le
nom du défunt, qu'il chérissait, il voulut
que le jeune Caillette remplaçât son père
dans l'office de bouffon royal. En vain M. de
Saint-Vallier et le connétable s'opposèrent-
ils à ce choix si peu conforme à l'élévation
d'ame et d'esprit qui distinguait leur élève;
en vain Caillette repoussa-t-il énergiquement
cette honteuse succession : le roi comman-
dait, il fallut bien obéir.

— Foi de gentilhomme! avait répondu
François 1er à ceux qui lui représentaient le
mérite supérieur de Caillette : jusqu'à ce
jour, messieurs, les fous du roi étaient
grossiers de leurs personnes, et plusieurs
furent pris gardant les porcs aux champs;
mais je suis aise d'enfreindre cette basse

coutume, et à cette cause, je veux qu'Ortis
et Triboulet aient des frères issus et nourris
ès bonnes disciplines.

Caillette fut d'abord tenté de se soustraire
à cette humiliation en appelant la mort à
son aide; mais son confesseur, auquel il
confia ce projet de suicide, l'en détourna
par la menace de l'enfer; ses protecteurs et
M. de Saint-Vallier lui firent envisager le
rôle de fou du roi sous un aspect plus honorable, comme une mission de justice et
de vérité; madame de Bréžé, qui lui gar-
dait une tendre amitié, le consola si affec-
tueusement dans ses souffrances d'amour-
propre, et lui répéta tant de fois qu'elle ne
l'estimerait pas moins coiffé du bonnet à
grelots, qu'il surmonta sa répugnance à
vivre, et accepta en gémissant la dégrada-
tion de fou en titre d'office.

Cependant il n'imita point ses prédéces-
seurs dans la manière de remplir cet emploi; car, au lieu d'ignobles folies, au lieu
des frivoles jeux de mots qui divertissaient
les courtisans, il prêta un langage ingénieux
et délicat à l'austère raison, il distribua des

leçons de sagesse. François Iᵉʳ s'aperçut
bientôt qu'il s'était donné presque un maître
sous l'apparence d'un bouffon, et soumit
toutefois sa fierté de gentilhomme aux conseils, aux reproches même de ce philosophe
à marotte; madame Marguerite, sœur du
roi, douée d'un jugement sûr et ornée de
toutes les grâces de l'esprit, accueillit avec
faveur l'homme instruit et intelligent dans
la personne du fou du roi, et poussa la to-
lérance jusqu'à l'admettre en intimité. Chacun s'empressa de suivre en tout point la
conduite de François Iᵉʳ et de Marguerite à
l'égard de Caillette, qui s'éleva, par l'estime
générale, au-dessus de ses attributions,
dans lesquelles Triboulet seul eut le privi-
lége d'exciter le rire bruyant et communi-
catif.

Souffrant de l'absence de Diane, que M. de
Brézé cachait à la cour et au monde entier,
comme un avare qui possède un trésor inutile à lui-même, Caillette était donc consu-
mé par une tristesse que le spectacle journa-
lier des fêtes, des bals, des jeux et des tournois rendait plus dévorante encore. Il avait

adopté pour devise un tournesol sous un
ciel orageux, avec ces deux vers équivo-
qués :

> Jà fané suis
> Si ne le suis !

Caillette avait été initié à la conspiration
du connétable, et n'avait pas voulu y trem-
per ; mais, loin de trahir son premier bien-
faiteur, il aida peut-être à le sauver en arrêtant par des bouffonneries une troupe de
soldats envoyés à la poursuite du fugitif. Le
chancelier Duprat, qui n'aimait pas Caillette,
était d'avis de le faire juger avec les gentilshommes complices du duc de Bourbon ; mais
la duchesse d'Angoulême, qui l'aimait, dé-
fendit, au contraire, qu'on l'inquiétât, fut-
il coupable ou non. Dans les commencemens
du procès, Caillette, observé de près par
Triboulet et les agens du chancelier, évita
d'accréditer par ses paroles ou ses actions
les soupçons qui planaient toujours sur lui.

Louise de Savoie et le chancelier avaient
si habilement profité du voyage que le roi
fit à Blois pour voir sa maîtresse, qu'avant le
retour de François Ier le Parlement fut en
mesure de prononcer les arrêts : M. de Saint-
Vallier, qui, en sa qualité de parent et
d'ami de Bourbon, n'avait aucun droit à
l'indulgence, devait être condamné à perdre
la tête. A cette nouvelle, Caillette, se sou-
ciant peu que sa conduite servît de prétexte
à de perfides accusations, partit secrètement de l'hôtel des Tournelles, et courut
avertir de ce qui se passait madame de Brézé,
laquelle vivait retirée dans son château d'A-
net.

Cette dame, dont le mari séjournait à
Paris depuis cinq mois, et qui ne savait rien
des événemens de la politique, était bien
éloignée de prévoir l'emprisonnement et la
prochaine condamnation de son père : elle
poussa des cris, jeta des pleurs, s'arracha
les cheveux, et supplia Caillette de la conduire aux pieds du roi.

Cette fuite fut exécutée aussitôt que ré-
solue : le soir même, Diane, sans prévenir

ses femmes ni ses domestiques, argus clairvoyans dont M. de Brézé l'avait entourée,
sortit déguisée du château, et se mit en
route, à pied, sous l'escorte de Caillette.
Un meunier, qu'ils rencontrèrent revenant
de porter de la farine à Évreux, leur vendit
un mauvais cheval de charrue, sur lequel ils
parcoururent une distance de vingt lieues en
vingt heures.

Caillette et Diane étaient alors réunis par
la pensée de sauver M. de Saint-Vallier : la
reconnaissance et l'amour filial les animaient l'un et l'autre ; mais, si Diane espérait avec plus de force et d'aveuglement,
depuis qu'elle se trouvait plus près de son
père, Caillette avait tout bas dit adieu à
l'espérance, depuis qu'il lisait la teneur des
papiers du greffier-criminel.

Caillette, dont le teint pâle ressortait davantage par le contraste de ses cheveux et
de ses yeux noirs, avait une habitude de
visage noble et mélancolique ; il ne portait
pas son brillant habit de fou, qui lui pesait
plus qu'une chape de plomb ; il avait un
pourpoint et des grègues sans braguette,

de couleur sombre et d'étoffe commune ;
mais son air distingué et sa tournure élé-
gante n'en étaient que plus remarquables
sous cet accoutrement vulgaire. Un grand
manteau espagnol, drapé sur son épaule
gauche, et un chapeau de feutre, à forme
conique, ombragé de plumes de corbeau,
lui donnaient quelque analogie de costume
avec ces routiers, espèces de brigands qui,
sortis des armées d'Italie, étaient rentrés en
France après la guerre du Milanais, et rassemblés en petites bandes, rançonnaient les
provinces à cette époque, comme avaient
fait les Grandes-Compagnies au quatorzième
siècle.

Diane, bien qu'elle eût alors vingt-trois
ans accomplis, était d'une beauté si juvénile
et si fraîche qu'elle semblait promettre de
rester long-temps belle ; à la pureté de ses
traits et à l'harmonie enchanteresse de sa
physionomie calme, on eût dit une statue
de la déesse Diane, due au ciseau de Praxi-
tèle.

Son front haut et large, ses yeux d'une
ravissante douceur, son nez délicatement

formé, sa bouche souriante et montrant des
dents de perle , tout en elle était chef-
d'œuvre parfait de la nature. Il fallait un
corps digne de cette tête divine : partout,
de nouveaux attraits et des graces nouvelles,
des mains blanches comme neige , aux doigts
longs, aux ongles roses; de petits pieds,
grands prometteurs ; une gorge ferme et
arrondie, telle que Marot l'a célébrée dans
son épigramme *du beau tétin.*

C'était, en un mot, cette même Diane
de Poitiers, qui devint plus célèbre dans
notre histoire que les Laïs et les Phrynées
d'Athènes ; qui, à l'âge de quarante-six ans,
fut la maîtresse de Henri II , et à qui on
donna pour attribut une Diane chasseresse
foulant aux pieds l'Amour, avec cette devise : *Omnium victorem vici* (J'ai vaincu le
vainqueur de tous).

Mais alors combien elle était loin de ce
qu'elle devait être un jour! Vêtue à la mode
de la reine Anne de Bretagne, portant une
robe d'estamet amarante à corsage long et
serré et à manches de satin vert, un collet
de fourrure nommée *penne de gris,* une cein-

ture de tissu de soie à boucles d'or, et une
sorte de coiffe de velours noir couverte d'un
voile pareillement noir, elle eût excité les ri-
sées des dames, et les railleries des muguets,
en paraissant avec cet antique et sévère ha-
billement dans les galeries de l'hôtel des
Tournelles.

Diane n'ignorait pas qu'elle était belle ;
mais la solitude où elle passait sa jeunesse
l'avait préservée de la coquetterie qui faisait la plus chère étude des femmes de la
cour galante de François Ier. Ses regards
avaient, sans le savoir, une flamme con-
tagieuse, et son merveilleux sourire n'était
pas encore accoutumé à séduire les rois.
Elle ne comptait qu'un seul adorateur qui,
n'osant se déclarer, soupirait en silence.

Cependant maître Malon, que de fré-
quentes rasades rendaient incapable de tenir la plume, ne cessait de lever d'une main
tremblante son verre toujours plein jusqu'aux bords, et répandant des paroles
sans suite, auxquelles avaient part son état
de greffier et l'éloge du vin, il ne songeait

pas à observer la contenance de ses convives.

Ce petit vieillard rabougri, à la tête chauve,
avec un visage écarlate et des yeux de ba-
silic, habillé d'une robe noire fourrée,
avait l'air de Silène en goguette; il portait
force santés en les accompagnant de cette
formule sacramentelle : « François premier
de ce nom, par la grâce de Dieu, roi de
France, à tous ceux qui ces présentes ver-
ront, salut! »

En ce moment, la cloche du couvre-feu
sonnait à Notre-Dame. Caillette interrompit
brusquement sa lecture subreptice ; Diane,
devenue pâle de voir la pâleur de son ami,
le regarda d'une façon suppliante, et lui dit
tout bas :

— Ne verrai-je pas mon cher père devant
l'arrêt ?

— Madame, sur toute chose, reprit du
même ton Caillette se levant de table, déguisez subtilement vos noms et qualités à
ce maître chat fourré, malin autant que
trente, et curieux d'argent plus que d'honneur.

— Par la purée de septembre qui n'est
pas en carême! s'écria Malon, humons le
piot, en l'honneur du seigneur de Saint-
Vallier, qui perdra tantôt la faculté de bu-
verie!

— Maître Malon, dit sévèrement Caillette,
ayez respect, soins et déférence pour cette
noble dame, en sorte qu'elle soit satisfaite
de son hôte; car, par ma fi! la personne
que je vous remets en garde est plus sacrée
et précieuse que le saint Gréal et la vraie
Croix!

Il prononça ces mots en lançant un regard de menace au greffier, un regard d'in-
telligence à Diane; ensuite il hésita un moment, assura son manteau sur son épaule,
se retourna pour rencontrer encore les
yeux de Diane, et sortit avec un soupir
étouffé.

Madame de Brézé écouta les pas qui s'é-
loignaient rapidement; puis, des cris et des
voix confuses la glacèrent d'effroi; mais
tout rentra bientôt dans le silence qui était
en ce temps-là plus profond à huit heures
du soir qu'il ne l'est de nos jours à minuit

dans les rues de Paris. On n'entendit plus
que le bruit des bouteilles et des verres que
maître Malon tintait amoureusement, quand
celui-ci, déjà tout-à-fait ivre et remuant la
tête en cadence, se souvint qu'il était greffier-criminel.

— Ledit accusé, Jean de Poitiers, seigneur de Saint-Vallier, chevalier de l'ordre
du roi, disait-il comme un homme qui écrit
sous la dictée et qui répète chaque mot à
part lui, bien et duement convaincu de
complicité et trahison avec messire Charles
de Bourbon, ci-devant connétable de France,
soit condamné à faire amende honorable au
roi, après Dieu....

— Monsieur, monsieur! s'écria Diane,
qui s'attachait à ces paroles d'ivrogne avec
une effrayante curiosité, la chose est-elle
de cette sorte, et le Parlement commettra-
t-il si dure injustice?

— Au préalable, continua maître Malon,
qui ne prit pas garde à cette interruption,
il subira la question ordinaire et extraordinaire...

— Dieu! mon Dieu! ayez pitié de lui et

de moi!... A quand cette atrocité inouïe?
Peut-être à cette heure!... Ce pauvre vieil
et innocent seigneur est aux mains des Ju-
das!

— Savoir : quatre coquemars d'eau froide,
et s'il est persistant à nier, brodequins seront mis aux jambes du patient, et ses bras
tiraillés à force...

— Çà, dites pourquoi ces fureurs ou-
trées? comment, à de pareilles tortures,
survivra ce bon et vénérable noble homme?
Fût-ce le juif Barabas, ce traitement indigne doit tourner à la damnation de ses
auteurs!... Hélas! hélas! O les méchans!

— En suite de quoi et sans autres délais,
le susdit de Saint-Vallier sera en place de
Grève conduit pour y avoir la tête tranchée.

— Ah! grâce! merci! Dieu! sire! non, ce
ne sera point ou du même coup irai de vie
à trépas!

En achevant ces exclamations désolées,
elle se précipita vers la porte, l'ouvrit avec
fracas, et comme eût fait une folle, disparut en courant dans les rues noires et dé-
sertes.

Cet acte de désespoir fut si prompt et si imprévu, que maître Malon n'eut ni le temps ni la pensée de la retenir : il ne bougea pas de son siége, emplit de nouveau son verre, cria par trois fois : *Huis-clos !* et retomba endormi sur la table, avec de bruyans ronflemens qui continuèrent jusqu'au lendemain matin.

IV.

HAINE.

Layde Mort, qui portes nuysance,
Baille moy ta forte puissance
Pour ferir selon mes souhaits ?

VENGEANCE.

Çà, pour rendre nos cueurs dehaitz,
Belle Mort, veuille oster la vie
Aux gens qu'a mal heur je convie ?

HAINE.

Jecte leurs dardz empoysonnez ?

VENGEANCE.

Iseulx pour le bourreau sont naiz !

MORT.

Moy qu'aulcuns disent sans aureille,
Si vous entendz, très faulses vieilles.

DESBAT DE HAINE ET VENGEANCE
AVEC MORT.

IV.

Dans un petit oratoire, éclairé par une
lampe d'argent qui descendait du plafond
peint en azur avec des étoiles, vis-à-vis
d'un crucifix d'or, posé entre un reliquaire
et un bénitier de même métal, Louise de
Savoie, duchesse d'Angoulême, était assise
sur son prie-Dieu massif en bois de noyer
sculpté et noirci : le chancelier Duprat et
Louis de Brézé, grand-sénéchal de Normandie, se tenaient debout devant elle.

Madame d'Angoulême était remarquable par la beauté majestueuse de ses traits et la noblesse de son maintien, quoique l'âge et les soucis eussent laissé des traces irréparables sur son visage recrépi de céruse et de fard ; ainsi, ses yeux, au regard d'aigle, n'avaient rien perdu de leur feu, mais s'entouraient d'une auréole de rides ; deux sillons creusés dans ses joues accompagnaient son nez, qui se courbait comme un bec d'oiseau de proie, et sa bouche, habituellement froncée et contractée, au point qu'on voyait à peine ses lèvres pâles, paraissait toujour prête à s'ouvrir pour l'injure et la menace. Sa haute taille restait droite et cambrée, son abord inspirait la crainte plutôt que le respect ; car il y avait un caractère de fausseté, d'arrogance et de méchanceté répandu dans toute sa personne, et jusqu'en son sourire.

On n'aurait pas reconnu la mère du roi, à la voir si mal vêtue avec une robe de laine noire, sans broderies, sans crevés et sans déchiquetures à la mode ; sa coiffure, à peu près pareille à celle des nonnes, était une

espèce de capuce noir, d'où s'échappaient
quelques cheveux gris. Elle portait pour
unique ornement, des patenôtres d'orfèvre-
rie, sur les grains desquelles étaient figu-
rées les lettres C et B, en mémoire du connétable Charles de Bourbon. Pour satisfaire
à un vœu secret, cette princesse ne quittait
plus le deuil qu'elle avait pris en même temps
et dans la même intention que sa fille, madame Marguerite, duchesse d'Alençon.

Antoine Duprat, seigneur de Nantouillet,
n'avait pas encore acquis ce prodigieux em-
bonpoint qui, dans les dernières années de
sa vie, devint pour lui une si gênante infir-
mité, qu'on échancra sa table afin qu'il pût
s'y placer ; mais, dès cette époque, il croisait
sans cesse ses deux mains sur la proémi-
nence de son ventre naissant, comme
pour embrasser sa divinité ; en effet, déjà
il entretenait, à grands frais, un appétit
plus insatiable que celui de Milon de Cro-
tone et une gourmandise plus raffinée que
celle de Lucullus.

Sa figure triste et sévère semblait en con-
tradiction avec ses habitudes de bonne chère

et de débauche ; mais la dignité de chancelier exigeait ces fausses apparences, et, pour
aider ses projets d'avarice et d'ambition, il
se soumettait à feindre en public une inexo-
rable austérité de mœurs, un zèle ardent
pour la religion. Depuis la mort de sa femme,
il était devenu successivement évêque de
Meaux, d'Alby, de Valence, de Die et de
Gap, archevêque de Sens; et non content
de ces honneurs ecclésiastiques et des grands
bénéfices qu'il avait accaparés, il sollicitait
alors en cour de Rome le chapeau de cardi-
nal, afin d'arriver à la papauté, que plus tard
il voulut acheter, dit-on, moyennant plusieurs
tonneaux d'or.

Ses yeux de chat et son nez pointu étaient
des indices certains d'une ame basse, scélé-
rate et sordide. Ce fut lui qui proposa la
vente des charges de judicature et l'aug-
mentation des tailles ; ce fut lui qui fit pen-
dre Semblançay, général des finances, pour
assurer l'impunité de ses propres dilapida-
tions ; il fut encore le principal auteur de
la défection du connétable en inventant le
fameux procès de succession ; enfin l'histoire

a flétri ses iniques persécutions contre les calvinistes, qu'il tourmenta moins par fanatisme que par politique.

Le chancelier-archevêque Duprat conservait dans ses habits le double caractère de prêtre et de ministre. Il portait une longue robe noire avec un épitoge de couleur écarlate, des souliers carrés de cordouan à boucles d'or, et un chaperon de velours noir bordé de menu-vair dont la queue s'enroulait autour de son cou et retombait derrière son dos; il avait la tonsure épiscopale et la barbe en pointe, attributs distinctifs de l'église et de la cour.

Duprat s'étudiait à paraître froid et austère dans ses paroles comme dans sa personne; mais, dès que la discussion s'animait, il dépouillait tout-à-coup cette réserve d'étiquette, et, les yeux enflammés, la bouche écumante, la voix rauque, les gestes désordonnés, il suivait le courant de sa colère, même en présence du roi et de sa mère, qui toléraient cette impétuosité momentanée et disaient en riant : « Maître Duprat, comme il appert, a mangé de l'â-

« non cejourd'hui. » Le chancelier avait
réellement remis en honneur ce mets singulier, que Mécènes et les voluptueux du
siècle d'Auguste trouvaient exquis.

— Mon cousin Duprat, répétait souvent
Triboulet, se nourrit volontiers de chair
d'ânon pour acquérir les merveilleuses qualités de la bête.

Le grand-sénéchal de Normandie, qui
était depuis plusieurs mois absent de sa juridiction, passait pour un des plus assidus
et des plus méchans conseillers de madame
d'Angoulême; il se vengeait de sa laideur et
de ses infirmités par tout le mal qu'il pouvait faire au prochain, et son plus grand
regret était de n'en pouvoir faire assez.

Le mari de la belle Diane de Poitiers aurait pu remplacer le nain favori du roi,
quoique ce nain eût l'avantage d'être le plus
laid, le plus ridicule, le plus monstrueux
de tous les courtisans. Son épais visage offrait un front étroit que caressaient quelques cheveux fauves, deux yeux rouges
et sans regard, un gros nez aux narines
béantes et une bouche édentée, fendue par

le plus déplaisant sourire; sa tête énorme
paraissait enfoncée entre les épaules d'un
corps bossu et contrefait de manière à exciter l'horreur et non la pitié. Louis de Brézé
se rendait donc justice lorsqu'il retenait
en chartre privée sa victime conjugale : il
savait bien que la vertu, novice de celle-ci
résisterait mal à l'influence des comparai-
sons, toujours défavorables pour lui, qui se
présenteraient d'elles-mêmes sur le brillant
théâtre de la cour.

On ne comprendrait pas comment M. de
Saint-Valier avait sacrifié sa fille à ce gendre hideux, si les idées de l'ancienne noblesse
n'expliquaient assez l'aveuglement du père,
à qui le bonheur de son enfant importait
moins que l'éclat de son nom et la puissance de sa maison ; car au seizième siècle,
comme aujourd'hui, la première condition
d'un mariage de bon lieu se bornait à des
intérêts de fortune et de rang social, ques-
tions étrangères aux rapports de sympathie
et d'affection qui doivent exister entre époux.
Néanmoins, M. de Brézé, comme s'il eût
depuis ouvert les yeux sur la disproportion

cette alliance, avait voué à son beau-père
une haine mortelle pour unique reconnaissance. En conséquence, il pratiquait bien
des menées souterraines et perfides, afin
que le sire de Saint-Vallier reçût la peine
des criminels de lèse-majesté.

Louis de Brézé avait le costume de cérémonie, petit manteau de velours à manches,
toque à plumes, pourpoint à trousse, haut-de-
chausse à double braguette, épée droite sur la
cuisse et chaîne d'or avec les ordres du roi.

— Notre-Dame! s'écria madame d'Angoulême se frappant le front de sa main fermée, je suis mal contente et dépitée que le
roi notre fils soit si tôt de retour, car j'appréhende que le procès tire en longueur, vu le
nonchaloir de sa majesté à venger la trahison du connétable espagnolisé, dont le diable
ait l'ame! •

— De vrai, madame, repartit Duprat, le
roi notre sire se soucie peu ou point de la
punition exemplaire des gentilshommes,
qui, demain sans faute, seront jugés à mort
en cour de Parlement.

— Ce sera bien fait à messieurs les juges

que je cuidais avoir courage de brebis ; toutefois n'est-ce point leur affaire, si les gens
de ce Bourbon maudit s'en vont de vie à
mort, plutôt que de prison en liberté ! Dieu
soit témoin que je préfère être damnée en
l'éternité, et ardre aux chaudières de Belzébuth, plutôt que de voir mes ennemis dé-
livrés et sains et saufs, principalement celui
qui fut l'instrument de la fuite et désertion de
Charlot, à savoir le vieux sire de Saint-Vallier!

— Par le chef de saint Jean, son patron!
interrompit Louis de Brézé, dont les regards
s'allumèrent, et qui secoua la tête d'un air
d'approbation, il a démérité trop plus que
son maître, parent et ami; ses malveil-
lans conseils ont ruiné la bonne intel-
ligence régnant entre vous, madame, et ledit connétable, qui fut faible de cœur autant que femme au monde. Accourcir d'un
coup de hache le corps de ce traître seigneur, c'est allonger les jours de la famille
royale, m'est avis.

— Vous êtes habile donneur d'avis, monsieur le grand-sénéchal, reprit en souriant
la duchesse d'Angoulême, et vous ne parle-

riez de meilleur style, si vous saviez comme
et combien j'ai pris en haine ce Jean de Saint-
Vallier, que je veux faire périr dessus la potence d'Aman.

— Efforcez-vous à le haïr tant et plus, ma
très honorée dame; et, quand vous serez à
bout, votre ressentiment encore semblera
miel auprès du mien !

— Vraiment, le sieur de Saint-Vallier s'est
bouté encontre moi d'une audacieuse façon :
il sollicitait fermement monsieur de Bourbon de me dépriser et maltraiter; il dé-
rompit le mariage juré entre nous, et par sa
mauvaise langue fielleuse, suscita mille ennuis qui se formèrent en orage pour depuis
pleuvoir ensemble, et gâter le plus gentil amour. Las ! sans les venins qu'il jeta
sur mes faits et gestes, innocens et purs
d'ailleurs, Charlot n'eût onc mangé le pain
de l'empereur !

— Mieux vaudrait, dit Duprat, pour son
honneur en ce monde et son salut en l'autre,
qu'il eût mangé des pierres et fût mort d'in-
digestion ! mais il s'est repu de honte, et
n'obtiendra de Dieu indulgence plénière, ni

par romivage et pélerinage, ni par fondation de messes, chapelles et couvens, ni par jeûnes et oraisons. Notre Saint-Père le Pape ferait chose moult équitable de l'excommunier!

— Sans doute, objecta Louis de Brézé; mais, à l'égard de Jean de Saint-Vallier, le maître bourreau sera plus expédient que le Pape, et le supplice en place de Grève plus redoutable que l'excommunication; c'est faire qu'il soit damné vite et chaud, sans remède ni délais.

— Oui-da, répliqua la duchesse d'Angoulême, la chose est irrévocable, et monsieur mon fils avait du tout recommandé l'affaire à mes soins devant son voyage à Blois: c'est pourquoi que je l'ai fait mander par le docteur Agrippa, aux fins de réconforter ses intentions, s'il y a lieu, et couper court à ces retardemens qui me font la vie amère.

— Remémorez-lui, ma très honorable dame, que ledit de Saint-Vallier étant la plus menaçante tête de l'hydre, il est nécessaire qu'elle soit tranchée d'abord.

— Tel est mon désir; et, vous dis-je, en cas que j'en eusse le pouvoir, je ferais

cent fois merci à mon connétable, mais pas
une à son instigateur, le sieur de Saint-
Vallier, qui est cause que tout soit advenu
de la sorte, hélas !

— Par l'ânesse de Balaam ! ajouta le
chancelier, le même Saint-Vallier m'a porté
grief préjudice quand il a distrait monsieur
de Bourbon de me vendre les belles terres
de Thryerne et de Thory, en Auvergne,
lesquelles sont fort à ma convenance ;
or, je lui souhaite le pire qui lui puisse
réussir, et la main me démange de sceller
son arrêt.

— Si m'aide Dieu, Duprat, mon ami, répondit la duchesse, ces terres et fiefs qui
vous font envie écherront, sans frais ni coût,
en votre part de la confiscation.

— Dieu vous entende ! madame et maîtresse;
c'est beau profit de vous servir fidèlement.

— Quant à ce qui est de vous, monsieur
le grand-sénéchal, tenez pour assuré que
votre part ne sera la plus petite en rémunération de votre service, et j'aurai cure à
ce que l'héritage du sieur de Saint-Vallier,
votre beau-père, ne soit nullement dila-

pidé, et vienne en vos mains, outre le meilleur morceau de l'argenterie de monsieur
de Bourbon.

— Grâces pleines et entières vous soient
rendues, madame! s'écria vivement M. de
Brézé; mais le prix qui m'agréera davantage, c'est un échafaud, haut de cinquante
coudées, pour être vu de loin et de près, où
monsieur de Saint-Vallier laisse son vieux
chef, duquel les cheveux n'ont encore blan-
chi sous les années...

— A cent charretées de diables! interrompit Duprat, à qui le rouge monta tout-à-
coup au visage; avez-vous droit et raison,
monsieur de Brézé, pour vous montrer si
forcené à vouloir trépas de votre beau-père?
Si ainsi est de vous, que sera-ce de moi, qui,
n'ayant nul parentage avec le sieur de Saint-
Vallier, fus, par ses machinations, frustré
de la vente de Thryerne et de Thory? Certes,
j'ai grandement à cœur le tort qu'il me fit,
et aussi en dirai le pourquoi...

— N'est-ce que cela, monsieur le chancelier? dit M. de Brézé avec un rire amer
sur les lèvres : les paroles me faudront plus

que les motifs, et ce que j'aurais vergogne
de confesser en public, adonc je ne le tairai
néanmoins par-devant ma très vénérée dame
ici présente; toutefois mettez qu'il n'en
est rien, et jugez si tel souvenir me poind...

Le grand-sénéchal s'arrêta confus au milieu de sa révélation: le roi venait d'entrer
avec Agrippa, en poursuivant à haute voix,
comme s'ils étaient seuls, un entretien qui
les préoccupait tous les deux.

— Foi de gentilhomme! disait François Ier,
en quel lieu trouverai-je, d'aventure, l'accorte et mignonne pucelle que me promet-
tent les astres intéressés à me contenter plus
outre mes désirs?

— Sire, répondait Agrippa, bien fol est
celui qui met sa foi en la science astrologique! mais nonobstant, il m'est démontré,
par nombres cabalistiques (ne les croyez, je
vous prie, ce sont vaines fumées!) que vous
rencontrerez cette fille cejourd'hui, vers la
douzième heure...

— Ce serait minuit: le cas est malaisé.
Mais pourquoi la douzième heure?

— Le nombre douze (vous rirez de ces

folies!) est sacré par l'univers et le monde intellectuel; le nom du Père, du Fils et de l'Esprit-Saint, a douze lettres en langue hébraïque; il est au ciel douze ordres de bienheureux (je ne les ai vus ni ne les verrai), il y eut douze tribus en Israël, douze prophètes, douze apôtres, douze signes du zodiaque, douze mois, douze planètes, douze pierres précieuses, douze espèces de damnés, douze dieux païens principaux, qui sont : Pallas, Vénus, Phébus, Mercurius, Jupiter, Cérès, Vulcanus, Mars, Diana...

— Cet oracle ne regarde point madame la greffière, qui, j'estime, ne se souvient du temps qu'elle était pucelle. Les filles de Paris, de leur nature, n'imitent la virginité de la déesse Diana, laquelle viendrait me refaire à point...

— Çà, monseigneur, interrompit la duchesse d'Angoulême en s'adressant au roi, êtes-vous si médiocrement aise de me revoir, que vous devisiez tant avec monsieur mon médecin?

— Vrai Dieu! madame, dit le roi s'avançant vers sa mère, qui s'était levée pour le

recevoir, vous me voyez plus ébahi que vous
n'êtes; mais votre astrologue Corneille Agrippa m'a tout perturbé l'entendement d'une
jolie pucellette venant d'Occident, du nombre cinq et du nombre douze...

— Sire, s'écria maître Agrippa, mettez
que je n'ai sonné mot, et aussi bien c'est
chose convenue que la vanité des sciences
occultes...

— Or çà, madame ma chère mère, reprit
le roi d'une voix affectueuse, durant que je
fus à Blois, je n'ai omis, aucun jour, de réci-
ter mes patenôtres, au regard de votre
santé qui m'est plus précieuse que l'honneur et ma couronne; je devine, à votre
air, qu'un bon ange gardien oyait là-bas
mes oraisons.

— Oui-da, monseigneur, répondit aigrement madame d'Angoulême, j'appréhende
que vous fîtes plus volontiers les antiennes
d'amour que messes et litanies catholiques;
mais les soins, angoisses et ennuis dont je
fus travaillée en votre absence, à l'effet
d'achever le procès du connétable et des
siens, n'ont encore pris cesse à cette heure.

— Foi de gentilhomme! j'en ai su la mal-
plaisante nouvelle qui me tient au cœur, non
moins que la disparition de mon bien-aimé
Caillette, qui n'est plus en cour et fut enlevé
par les fées, j'imagine.

— Hélas! interrompit tristement madame d'Angoulême, la perte de ce gentil
enfant m'a navrée au fond de l'ame, et
j'en ai songé, la nuit durant, maugré ma
vie!

— Par les sceaux! dit le chancelier avec
humeur, est-ce pas trop de bonté, chez si
haute dame que vous êtes, de bienveigner et
regretter si petit personnage, au point d'y
penser en songe? Ce Caillette n'avait de fol
que le nom, et on n'attendra guère pour en
trouver un qui le vaille.

— En vérité, Duprat, répondit d'un air
fâché la duchesse d'Angoulême, Caillette n'a
son pareil, voire même en votre chancelle-
rie; et, si vous connaissez quelque autre
plus avenant, amenez-le, ne vous dé-
plaise!

— Maître Agrippa, reprit Duprat, en temps
que nous ici conférerons à huis-clos, restez

en la galerie, afin que personne n'aille nous
éclairer ou troubler l'entretien.

— Monsieur le chancelier, dit Agrippa faisant une grimace moqueuse, à Dieu vous
command! je suis médecin, je veux bien
être astrologue, mais sera portier qui vou-
dra, saint Pierre au monde céleste, Cerbère
au monde infernal, autres en ce monde sub-
lunaire, quoique de ma nature sois moins
que rien, c'est-à-dire un homme ainsi que
vous-même.

A ces mots, Corneille Agrippa salua profondément la duchesse d'Angoulême et le
roi; puis, relevant la tête et faisant la moue
au chancelier, il s'éloigna d'un pas magis-
tral, après avoir secoué en l'air sa baguette
divinatoire et prononcé entre ses dents des
oracles hébreux.

— Damné sorcier! s'écria Duprat enflammé
déjà de colère; j'estime que ce païen s'est
judaïsé dans l'intention de confabuler plus
aisément avec le diable. Avez-vous pas
crainte et vergogne, madame, de fier votre
vie et ame à la médecine de cet hérétique
galeux et docteur en sorcellerie! Baillez-moi

licence, s'il vous plaît, et il n'en coûtera ,
pour certaine cérémonie, que quatre cents
bourrées et cotrets, treize bottes de feurre ,
deux botteaux de foin et quelque peu de
poudre de soufre ; le tout au prix de cent
sols parisis ou environ.

— Duprat, dit la mère du roi , je n'entends ni d'une ni d'autre oreille que monsieur
mon médecin soit chagriné et molesté, car
de plus docte homme il n'en est pas en
France non plus qu'ailleurs , et mon père
confesseur m'a permis de l'avoir à mon
service sans péché.

— Çà, madame, dit le roi qui se tirait les
poils de la barbe, à qu'elle fin m'avez-vous
mandé devers vous si mystérieusement que
j'en augurais un beau secret d'état ou quelque conjuration magique ?

— Sire, répondit la duchesse d'Angoulême, vous m'avertissez par là que je retourne
à mes moutous ; donc, écoutez-moi jusqu'au
bout, et vous promets d'être brève sur toutes
choses...

— Soit dit en passant, interrompit le
roi , vous ne vous enquérez point com-

ment va madame la comtesse de Châteaubriant, laquelle a moult souffert du froid
hibernal?

— Ce ne sont mes besognes, mais les vôtres, sire; il est affaire seulement de la condamnation à mort des gentilshommes impliqués au procès du connétable, et davantage
du seigneur de Saint-Vallier, le plus coupable entre tous...

— Eh bien! madame, depuis quand le roi
de France remplit-il l'office de son Parlement? Messieurs les juges savent mon bon
plaisir et s'y conformeront, de peur de m'ir-
riter contre eux. Au demeurant, il ne me
chaut des arrêts à rendre; car j'ai souvent
dépit et vergogne d'y apposer mon seing et
aussi les sceaux par les mains de mon chancelier.

— Oui, bien, mon fils; mais on m'a redit
que messieurs les présidens et les conseillers
prétendent absoudre et renvoyer sans dépens les complices et fauteurs de mon cousin de Bourbon, ce qui serait chose horrible et de mauvais exemple, si vous n'y
mettez ordre.

— De vrai, madame, il serait profitable
que les traîtres et conjurés fussent châtiés aux
termes des lois et ordonnances; cependant ,
si mon très féal et très amé Parlement préfère user de clémence, laquelle est déclarée
une fort honnête vertu par le latin Sénèque,
je n'aurai garde d'y faire obstacle.

— Vous ne pesez ce que vous dites, mon
fils, et parlez ainsi de léger; car ces criminels
doivent porter leur peine selon la justice humaine et divine; sire, n'ayez indulgence envers ceux qui eussent, sans remords ni pitié,
mis à mal vous et les vôtres.

— Sire, ajouta M. de Brézé, octroyez
merci à tous, excepté à monsieur de Saint-
Vallier, le plus ami du connétable, et partant le plus ennemi de votre majesté.

— Bonjour, bon an et bonne étrenne,
monsieur le grand-sénéchal ! répondit le roi
avec aménité; je ne vous discernais pas en
ce débat, et suis réjoui de vous voir si galant visage.

— Mon fils, reprit la duchesse, ne vous
étonnez point que j'aille réclamant votre foi
jurée pour le supplice des affidés de mon-

sieur de Bourbon ; j'ai souci de votre gloire
plus que vous ne faites, et faut que vous
ayez raison de qui vous a si grièvement
offensé.

— Saint Ouen vous soit en aide, sire, dit
tristement Louis de Brézé, si monsieur de
Saint-Vallier doit issir sain et sauf des prisons de la Conciergerie! il reviendra tôt ou
tard vous empoisonner ainsi que messieurs
les Enfans de France; et voici que son
maître le connétable tend à vous succéder
au trône avec l'aide des lances espagnoles.

— Foi de gentilhomme! mon cousin de
Bourbon ne me sera onc redoutable, fût-il
renforcé de tout le boucon d'Italie et des
vieilles bandes de Castille : je le défie en
combat singulier, et lui ferai confesser, le
pied sur la gorge, qu'il est fourbe, traître
et déloyal à son pays, à son roi et à ses
sermens.

— Sire, continua M. de Brézé, m'est avis
que le plus expédient, pour réduire à obéis-
sance ce tant superbe connétable, est de
condamner au plus tôt son ami spécial, le
seigneur de Saint-Vallier.

— Par mon ame ! dit-le roi, dont le regard pénétrant se fixa sur M. de Brézé, êtes-vous point, s'il m'en souvient, parent dudit Saint-Vallier ?

— Sire, répondit le grand-sénéchal en rougissant, de vrai, pour mes péchés, j'épousai, il y a environ dix années, la fille unique de Jean de Poitiers, sieur de Saint-Vallier.

— Ouais! l'épousée est-elle laide, farouche et mal faite, pour susciter de votre part si copieux regrets ?

— Nenni, sire ; madame de Brézé ne le cède à pas une en grâces, beauté et vertu.

— De par Dieu ! monsieur le grand-sénéchal, si celle-là est telle que vous dites, pourquoi, au lieu de vous congratuler de cette bienheureuse chance, maudire et blasphémer contre monsieur votre beau-père ? Outre ce, pourquoi ne mener point en ma cour une si gente dame, qui serait fêtée et honorée d'un chacun ? J'ai grand'impatience de la connaître, et voudrais que l'eussiez jà fait venir.

— Sire, la vîtes-vous pas, à Moulins, lors

du baptême du dernier fils de M. de Bourbon?
Aussi bien, j'ai failli par excès d'amour con-
jugal, en exaltant ses mérites plus que de raison : madame ma femme vous semblerait,
sire, trop inférieure à cet éloge, et, belle à
mes yeux, le fut-elle aux vôtres ?

— Je ne la vis point, ains j'ai ressouve-
nance que M. de Bourbon magnifiait sa divinité ; vous ferez sagement de l'introduire
en notre cour, sous la protection de ma
bonne mère. Dépêchez, je vous prie, car il
me tarde... Mais quelle rage vous tient de si
fort désirer le trépassement de M. de Saint-
Vallier? S'il vous fit injure, réclamez de
lui réparation par gage de bataille: volontiers j'ordonnerai un beau duel où veux être
présent pour juger des coups.

— La partie serait inégale entre M. de
Saint-Vallier, qui tremble de grand âge,
et moi, qui ne sais manier l'épée, sinon la
plume.

—Monsieur, un bon gentilhomme doit
user de l'épée qu'il porte, et le sieur de
Saint-Vallier, lequel n'a encore la tête chenue, se sent de force à jouer de l'estoc et de

la pointe, qu'il a défié à toutes armes ceux
qui protesteraient contre son innocence.
Enfin, quel sujet d'un si énorme ressentiment?

— Sire, je ne le célerai devant vous, et
n'oubliez pas que j'ai, le premier, dénoncé
la conspiration de M. de Bourbon, quasi
prête à réussir; l'intérêt de votre personne
et de votre état n'était assez puissant de soi
pour me délier la langue; mais je tendais
à me revenger, et M. le chancelier, ci-pré-
sent, me transmit votre parole royale de
me donner le prix que je demanderais :
donc, en rémunération de la ligue décou-
verte, de votre vie sauve et du royaume préservé, je ne réclame autre guerdon que de
voir trancher le chef de M. de Saint-Vallier,
sur un échafaud, en la place de Grève.

Ces paroles sanguinaires furent suivies
d'un silence de surprise et d'horreur : madame d'Angoulême, malgré son caractère
vindicatif, ne fut pas exempte d'un senti-
ment pénible; le roi, entraîné par un mouvement chevaleresque, mit la main à son
son épée, comme pour défendre M. de

Saint-Vallier contre son propre gendre ;
mais le chancelier, la première émotion
passée, se contenta de sourire à la manière
d'un faune, et François Ier pressa de nouveau le grand-sénéchal d'expliquer la cause
de cette haine furieuse.

— Sire, poursuivit d'une voix altérée
M de Brézé saisi d'un tremblement con-
vulsif, déportez-vous de railler à ces pitoya-
bles aveux, et jugez tout franc si la vengeance requise est au-dessus de l'affront. Je
pris alliance avec noble damoiselle Diane de
Poitiers, l'an 1514 de néfaste mémoire,
non que Cupido eût bouté en mon cœur
le dard poignant qui fait qu'on aime, mais
follement docile aux avis du connétable,
lequel s'intéressait à ma fortune ; certes la
plupart des épousés eussent envié les crins
blonds, la peau lactée, la taille droite et les
formes plus divines qu'humaines de madame
Diane, au jour de ses noces !...

— Morbieu ! interrompit le roi, n'est-ce
pas la déesse Hébé que vous peignez au naturel ? votre femme, à cette galante pour-
traiture, me plaît d'avance, par ma fi !

— Oui, sire, répliqua le grand-sénéchal, qui se repentit d'en avoir trop dit, ma femme, au temps des épousailles, avait en sa personne tant de perfections que je faudrais à les nombrer; mais depuis elle devint laide et dégoûtante : passons. Je la traitai, cette mignonne épousée, aussi et plus amoureusement qu'un autre eût pu faire; toutefois, prudence fut de modérer cette grosse ardeur, crainte d'affecter la faible complexion de Diane, qui était à peine nubile. Il advint que sa nourrice, méchante gouge que le diable emporta ne sais où, s'en vint, par insigne malveillance, rapporter à M. de Saint-Vallier que j'avais, jusqu'à ce, omis les devoirs ordinaires du mariage....

— Foi de gentilhomme! interrompit en riant François Ier, si je fusse accusé d'impuissance (chose infâme, vraiment), je n'arrêterais guère avant de démontrer le contraire aux moins clairvoyans; et d'ailleurs les dames confesseraient, sans y être forcées, que c'est fausseté manifeste.

— Néanmoins M. de Saint-Vallier, reprit M. de Brézé baissant la voix, donna créance

à cette vilaine, et (la honte m'étreint le go-
sier), sans doute pour mieux jouir de mon
déshonneur offert à spectacle, requit contre
moi jugement en impuissance à la cour de
l'official, et, par suite, divorce prononcé,
faute de consommation de mariage. Ce procès malhonnête eut commencement et non
pas fin ; durant que l'affaire demeura pen-
dante au tribunal d'église de Rouen, ris,
brocards et huées me firent la guerre si
aigrement que j'en fus malade et m'ache-
minai, de honte, vers la fosse ; mais, en
temps utile, ma trop bonne femme, laquelle
était étrangère à tout ceci, crainte de déso-
béir à son père, suivit une meilleure voie,
et retira la plainte sur ce que le congrès
avait été proposé.... Maintenant, sire, ap-
préciez ; quel pardon dois-je à celui qui gâta
ma bonne renommée par semblable calomnie?

— Ah! ah! monsieur de Brézé, s'écria
le roi qui se pâma de rire, le cas ne vaut de
tuer une puce ; argumentons : vous êtes
impuissant ou non ; si l'êtes, le serez-vous
moins, M. de Saint-Vallier mort? si point

ne l'êtes encore devenu, le deviendrez-vous
plus, M. de Saint-Vallier vivant? Or, j'estime que monsieur votre beau-père ne sait
l'art de nouer l'aiguillette?

— Monsieur le grand-sénéchal, ajouta Duprat ironiquement, le beau moyen que vous
aviez à votre convenance pour vaincre d'un
coup les incrédules! il ne fallait, devant
l'arrêt, que jeter en moule deux petits séné-
chaux. Aussi bien, votre honneur comman-
dait que le procès aboutît à ses fins, d'autant que l'époux taxé d'impuissance est
admis à faire ses preuves devant l'officialité,
loi moult providente et inévitable.

— Le cas est par trop outrageux pour un
gentilhomme, dit gravement madame d'Angoulême, que d'être réputé impuissant,
lequel est en horreur aux dames et à tout
le monde.

— Oui, reprit le roi sans modérer sa
gaîté; serait-ce calomnie patente, le sieur de
Saint-Vallier ne saurait, sur tel fait, être
puni de mort infamante, puisque, vous ac-
cusant d'impuissance, il ne visait nullement
à vous faire périr? En somme, ledit de Saint-

Vallier eut la langue trop prompte, bien
qu'un bon père doive éprouver deuil extrême de voir·sa fille mariée à un eunu-
que!...

— Sire, sire! interrompit M. de Brézé,
qui perdait contenance, et qui sentit l'impérieux besoin de ramener le roi à une au-
dition plus sérieuse, la langue de Saint-Vallier est si prompte et insolente, qu'elle
s'attache à vous-même, et ne tente rien
moins que piquer votre honneur, que vous
tenez si cher par-dessus tout.

—Foi de gentilhomme! s'écria le roi, dont
le visage refléta comme un miroir la rougeur de M. de Brézé, qu'est-ce à dire de
mon honneur? Quel assez osé et imprudent
pour toucher ce bouclier inviolable? Vite,
monsieur de Brézé, une prime et dernière
fois répétez l'insulte qui me regarde, si
grande qu'elle soit; moyennant ce, le châtiment, si grand soit-il, s'en va choir sur
autre que vous.

— Ainsi sont tous les gentilshommes de
M. de Bourbon, ajouta madame d'Angoulême; ils ne vous épargneront en leurs mé-

disances, ceux-là qui diffament votre mère !

— Je gage, reprit à demi-voix le chancelier qui calculait la portée d'une seule parole, que le vieux de Saint-Vallier repro-
cherait à sa majesté la pendaison de ce
larronneur de Semblançay, lequel si aveu-
glément laissa le connétable piller à pleines
mains dans les coffres de l'état !

— Parlez tôt, parlez, monsieur de Brézé !
s'écria François Ier avec une fougueuse
exaspération ; redites impunément ce qu'on
a dit d'attentatoire à mon los ? Ne déguisez
point la vérité, et déclarez hautement comme
la chose s'est passée, afin que j'en tire vengeance le plus royalement que faire se
peut.

— Sire, dit le grand-sénéchal effrayé de
la fureur qu'il avait fait naître d'un mot,
M. de Saint-Vallier, arraisonnant et mora-
lisant sa fille Diane, lui contait, pour la
mieux dissuader de venir à la cour, que les
dames, sans exception de madame Claude
de France, votre épouse, se trouvaient mal
des amours de votre majesté, au retour des
guerres d'Italie...

— J'écoute et n'entends pas, répliqua le
roi, qui eut peine à dissimuler sa colère et
qui se flatta d'avoir mal compris; répondez
net et sans reticence! voyons les beaux contes que l'on fait de nous? çà, dégoisez à
loisir, et ne vous souciez de m'offenser
plus que ne fit cet outrecuidé de Saint-
Vallier!

— Sire, je n'oserai, ma très honorée
dame d'Angoulême présente, redire cette
vilenie, dont, pour tout l'or d'Espagne et
d'Amérique, ne croirais la moitié : nonobstant, afin de ne vous pas déplaire, je vous
dirai le fait à voix basse et de la bouche à
l'oreille.

François Ier agréa d'un signe de tête cette
proposition, et poussa dans un coin de l'o-
ratoire le grand-sénéchal, qui frémissait
de tout son corps et ne trouvait point assez
d'haleine pour souffler sa calomnie dans le
cœur du roi. Tandis que les yeux de madame
d'Angoulême brillaient d'une joie féroce, le
chancelier se pencha vers elle, et lui dit en
ricanant :

— Cet Ésopus, à Dieu plaise! nous se-

court de quelque mensonge fabriqué bien
à point, pour moyenner les rigueurs du roi
tenant demain son lit de justice. On jouera
prochainement le mystère, à huit person-
nages, du martyre de Saint-Vallier et de
ses compagnons.

Soudain la porte de l'oratoire, qui n'était
pas fermée à double tour et à verroux,
tourna doucement sur ses gonds; et Triboulet, soulevant la portière avec sa grosse tête
crépue, apparut à l'entrée, l'index dirigé
vers François Ier, dont le front se rembru-
nissait à mesure que M. de Brézé avançait
dans sa confidence.

— Triboulet, mon fillot, demanda la duchesse d'Angoulême avec explosion, viens-
tu pas nous apprendre le retour désiré de
ton frère Caillette?

— Carimari, carimara! madame, répon-
dit-il en gambadant, le pauvre fol a-t-il pas
été ravi au ciel par l'aigle de Jupiter, pour
occuper l'emploi de défunt Ganimedès?

— Saint-Vallier en a menti par la gorge!
s'écria le roi, s'agitant et marchant à grands
pas dans la salle; si je fusse tyran comme le

roi Louis onzième, je ferais couper sa langue traîtresse et clouer icelle aux portaux
de son châtel, pour l'enseignement et terreur
des calomniateurs à venir!

— Hors d'ici, maître fou! cria le chancelier à Triboulet; arrière, à beau remue-
ment des jambes! sinon tu seras fustigé par
le roi des ribauds, ton seigneur et justi-
cier!

— Monsieur Duprat, reprit Triboulet,
on aurait bel à faire pour que je sois, plus
que vous, ressemblant au Seigneur Christ
battu de verges et couronné d'épines!

— Demeure, Triboulet, dit le roi d'un
air et d'un accent solennels; aussi bien,
voudrais-je que tous mes sujets, y compris
le plus ord gueux du cimetière des Innocens,
soient entendant l'irrévocable serment que
je vais jurer sur le Crucifix et l'Évangile!

— Sire, dit Triboulet qui se moquait
toujours du chancelier, jurez que les gros
ventres entreront au Paradis (duquel l'huis
est étroit) plus malaisément qu'un oriflant
au trou d'une aiguille.

— Pardevant Dieu le Père, le Fils et le

Saint-Esprit, pardevant vous, madame ma
mère, et vous autres témoins de ce, moi le
roi, je jure que le fourbe et menteur
de Saint-Vallier verra tôt la place de
Grève !

Quel s'en va menant un tel bruict
　　　Annuict ?
Sont-ce larrons qu'à la minuict
　　　On fuict ? —
Las ! monseigneur, à vous, sans blasme,
　　　Je clame :
On a faict à moy, pauvre femme,
　　　Diffame !

　　　　LE CRY DE LA FILLE FORCÉE.

V.

Diane, entraînée par le violent chagrin
qui troublait sa raison, s'éloigna précipitamment de la demeure du greffier-criminel, avec l'intention de parvenir sur-le-
champ jusqu'à son malheureux père, sans
songer que maître Malon pouvait, mieux
que personne, lui fournir les moyens d'entrer dans la prison.

Elle n'était jamais venue à Paris, et ne

savait pas être en ce moment si près de la
Conciergerie, où M. de Saint-Vallier avait
été renfermé; si elle se fût doutée seulement du lieu de cette captivité, elle serait
restée, cette nuit-là, devant la maison du
greffier, et n'aurait pas quitté des yeux la
Tour-Carrée, noire et morne parmi les té-
nèbres; mais son agitation croissante ne lui
eût pas permis d'entendre la voix de son
hôte, qui ne songeait point à la rappeler en
se versant des rasades : elle courut au hasard, sans s'arrêter ni reprendre haleine, elle
repassa le Pont-au-Change, suivit d'abord
la rue Saint-Denis; puis, revenant sur ses
pas, erra, presque à tâtons, dans les rues
du Pied-de-Bœuf, de la Planche-Mibray,
de la Tannerie et du Martroy-Saint-Jean.

Le froid, le silence, la solitude et l'obscurité eurent bientôt calmé ses esprits exaltés
par un accès de fièvre et de désespoir; elle
se repentit amèrement de cette fuite inutile,
et le courage qui l'avait soutenue l'aban-
donna tout-à-coup. Elle essaya en vain de
retrouver le logis de maître Malon, elle prit
et quitta vingt chemins différens, marcha

plus lentement, examina toutes les fenêtres, toutes les portes, et s'égara de plus en plus dans ce labyrinthe de rues, de ruelles et de culs-de-sacs.

L'aboiement d'un chien, le cliquetis d'une girouette, le cri d'un oiseau, le bruit d'un pas, celui d'une voix dans l'intérieur des habitations, tout la glaçait de terreur, et des larmes ruisselaient le long de ses joues. Elle nommait à voix basse le sire de Saint-Vallier ou Caillette, et n'espérait pas que l'un des deux lui répondît. Enfin elle arriva sur la place de Grève, qui étincelait de verglas aux rayons de la lune, et se confondait avec le cours de la rivière.

Diane, au sortir de l'ombre opaque des rues, demeura stupéfaite à l'aspect d'une clarté inattendue, et considéra d'un œil d'effroi, au milieu de cette place où l'Hôtel-de-Ville n'était pas encore bâti, un objet élevé et immobile, aux formes étranges, qui se dessinaient en noir sur le bleu du ciel étoilé. Elle approche en chancelant, regarde avec anxiété, regarde encore, jette un cri et tombe évanouie au pied de l'é-

chelle d'un gibet auquel six voleurs avaient
été pendus de compagnie le matin même.
Diane s'était alors ressouvenue de son père
et des dernières paroles du greffier-criminel.

Cependant, au coup de onze heures,
François 1er était sorti de l'hôtel des Tournelles, accompagné de son fou Triboulet,
qui portait devant eux une lanterne de corne
pour guider leur marche nocturne.

Le roi, soucieux et préoccupé depuis la
confidence malhonnête de M. de Brézé,
allait à un rendez-vous d'amour, comme
par contrainte et pour remplir un triste
devoir. Il avait eu la tentation de se mettre
au lit et d'y dormir paisiblement jusqu'au
lendemain ; mais Triboulet, qui comprenait
dans les attributions de sa charge le gouver-
nement des plaisirs du roi, lui fit entendre
qu'il serait indigne d'un roi de France de
manquer au rendez-vous donné, et que la
greffière en tirerait des conséquences fâ-
cheuses pour un si galant prince.

Outre cette grave raison, qui semblait se
rapporter aux calomnies attribuées au sei-

gneur de Saint-Vallier , François Ier vint à
penser qu'en couchant dans son hôtel il serait exposé à la visite de sa femme, qu'il
n'avait pas eu le loisir de voir depuis son
retour ; ainsi placé entre deux maux , il se
détermina donc à choisir le moindre, et s'é-
tant informé de la santé de madame Claude,
qui languissait toujours malade nonobstant
ses couches annuelles, il s'enveloppa d'un
ample manteau de couleur sombre et descendit dans la rue Saint-Antoine, par une
porte secrète de Dédalus.

— Foi de gentilhomme ! dit-il en abais-
sant son chapeau sur ses yeux, je ne sais
quel démon me tient au corps, et si cet impuissant de Brézé m'a, soufflant dessus moi,
rangé au chapitre *de frigidis et maleficiatis ;*
mais vrai est qu'à cette heure je ne me soucie de la greffière Malon plus que de ma propre femme, laquelle tant me repousse à
cause de sa maigreur héronière.

— Mon cousin, reprit Triboulet, ce sont
embûches diaboliques à vaincre d'un beau
signe de croix ; car il est écrit : « Roi peut
tout ce qu'il veut ! » et les bons chrétiens

ne pratiquent la continence, sinon en carême, où point à la chair ne touchent.

Le roi ne répondit pas ; il était distrait
et comme en état de somnolence, n'écoutant pas, ne voyant pas, et plein de vagues
prédictions que Corneille Agrippa avait
laissé échapper sans paraître y croire lui-
même. Le roi eût rougi d'avouer qu'il y
ajoutait foi, et pourtant il se demandait à
lui-même qu'elle serait cette beauté mys-
térieuse qui devait lui apparaître vers minuit.

Cette heure souhaitée tout bas n'était pas
loin, quand François 1er passant au pied
d'une tour ronde, à plate-forme, qui s'éle-
vait à l'extrémité de l'hôtel des Tournelles,
dans la rue Saint-Antoine, entendit une
voix, partie d'en haut, qui l'appelait par son
nom : il tressaillit, et porta ses regards vers
une étroite fenêtre, ouverte et éclairée, où
l'ombre d'un homme se découpait en sil-
houette devant la lumière.

— Sire, dit Triboulet ému par la peur,
Prudence, sainte tant et tant invoquée par
Danger ; ne fit onc mal aucun que je sache ;
or, si m'en croyez, nous irons en avant,

hors de ce guet-à-pens maudit ; car cette
tour, dévolue au magicien Agrippa, durant
votre voyage à Blois, devint repaire de démons et officine de sortiléges.

Par le saint nom d'Élohim et d'Adonaï ! cria l'habitant de la tour, va-t'en,
Philistin, Édomite, pharisien et gentil !
Garde que, pour médire du prochain,
tu sois mué en grenouille ou crapaud ! Fils
de serpent ! aie remembrance de Sodome et
de Gomorrhe, arses et charbonnées d'une
pluie de feu !

A ces paroles menaçantes, Triboulet se
signa de la main gauche, parce qu'il tenait
de la droite sa lanterne, murmura une ex-
clamation fervente au grand saint Michel,
vainqueur de Satan, et s'enfuit de toutes
ses forces, malgré les ordres réitérés de
François Ier, qui le sommait de s'arrêter sous
peine de recevoir les étrivières.

Triboulet n'entendait rien et courait toujours ; mais épouvanté par la clarté vacil-
lante de la lanterne, qui projetait autour
de lui des ombres bizarres et gigantesques,
il ne distingua pas un amas de boues et

d'immondices, dont la gelée avait durci la surface : son pied glissa, et, le poids de son corps ayant brisé la glace, il demeura étendu dans une fange infecte ; la lanterne lui échappa des mains, roula par terre et s'éteignit ; il sentit sa vie près de s'éteindre avec elle, et, recommandant son ame à tous les saints et saintes du paradis, il fit tout bas une édifiante préparation à la mort, tandis que le roi, sans s'inquiéter de ce que le fou et la lanterne étaient devenus, s'entretenait avec Corneille Agrippa, qui avait paru à la fenêtre de son observatoire.

— Sire, disait l'astrologue, à cette heure que tout dort sur terre, je suis veillant, l'œil tendu devers votre belle étoile, qui est mon soleil, plus clair et plus propice que l'astre de Phœbus.

— De par Dieu, maître Agrippa, indiquez-moi ladite étoile, que ne discernerais entre mille, bien quelle soit mienne de naissance.

— Sire, avisez-vous pas au-dessus de ce pignon surmontant les toits voisins, cette scintillante planète qui vous rit, et semble

d'une cour entourée, tant il y a d'étoiles
en cet endroit du firmament ?.... Mais, à
vrai dire, princes, rois et empereurs seraient bien fols et outrecuidés de prétendre
que des astres nouveaux soient nés exprès
pour eux plutôt que pour les pauvres souffre-
teux et gueux de l'hostière : m'est avis que
le destin d'un chacun réside ailleurs qu'aux
étoiles, qui sont moins numéreuses que la
population d'une province ou seulement de
la ville de Paris.

— Foi de gentilhomme ! messire astrologue, vous n'avez en bouche deux paroles
semblables, et votre dire est, de sa nature,
fort contradictoire ; vous changez et virez
du blanc au noir et du noir au blanc ; votre
oui vaut non, votre non oui. Foin des sa-
vans de l'école pyrrhonienne !

— Sire, tel est le système qu'ai bâti touchant l'inanité de toutes choses ; ne vous
étonnez donc si je parle en même temps
pour et contre : de cette sorte, suis-je assuré de n'errer point ; car, de deux ex-
trêmes, faut élire le milieu ; ainsi est l'oracle de dame Sagesse.

— Un mot, mon maître : j'ai l'esprit
moult curieux et assoté de la plaisante fille
que m'avez promise pour la douzième
heure sonnant, c'est-à-dire la mi-nuit.

— En la philosophie occulte, très incertaine, je le confessse, douze signifie mainte
fois trois, quatre, cinq, ou tel autre nombre : car il suffit que, suivant mon présage,
une pucelle de bon air s'offre à vous, soit
tantôt, soit demain, soit ensuite, ne vous
dirai quand.

— Oui-da, la belle chose que l'astrologie,
magie, philosophie, et mille et une bêteries !
Si vous dormez ! seigneur Agrippa, déportez-vous de lire, les yeux clos, aux pandectes
du Destin.

— De fait, sire, maints abstracteurs de
quinte-essence sont d'autant plus aveugles
qu'ils se disent clairvoyans, et Monsieur
(qui est le nom de mon grand chien noir)
a meilleure visière que ceux-là. Ains je
vois si net dans les choses présentes et
futures, que, pour témoignage de ce, je
déclare, que maintenant votre gentil Caillette gît ès prisons du Châtelet.

— Foi de gentilhomme! ce fait, d'ailleurs étrange, sera prouvé tout à l'instant. Certes, qui aurait eu la témérité d'emprisonner monsieur mon fou, sinon moi ou madame ma mère.

Finalement, sire, oyez l'avis de votre serviteur indigne, lequel prévoit les chances et conséquences d'un événement prochain : faites en sorte que pas un des gentilshommes impliqués au procès de M. de Bourbon soit exécuté à mort ; autrement, mal en adviendrait pour vous et les vôtres, le sang retombant jusques à la quatrième génération du meurtrier.

— Sur mon ame, compère, vous oubliez quel est celui que vous conseillez si bénignement ! Vrai est que, par la nuit noire, on se méconnaît soi-même ; au demeurant, sachez que, pour être expert en sciences et billevesées, ce n'est raison de juger les affaires politiques à tort et à travers, de se faire pilote de l'état et de jouer le prophète en matière si ardue ; donc possible est que je m'enquière à vous d'une pucelle, d'un fol et d'une étoile ; autre est de l'art de roi.

Quiconque ose toucher mon sceptre en ma
main pâtira un bon coup baillé dessus les
doigts.

— Sire, nonobstant votre colère, je per-
sévérerai à vous détourner de trop de rigueur
à l'encontre d'imprudens, fussent-ils cou-
pables ; tenez pour précepte que doute est
sagesse, et, par le fait du doute, serez
désembourbé des voies de l'erreur. J'adjure
Zahchiel et Malachim que le sieur de Saint-
Vallier est du tout innocent, sa conduite
desservant estime plus que vitupère et déshonneur.....

— Maître Agrippa, votre docte philosophie erre grandement quant à ceci ; et
mieux que tout autre, ledit de Saint-Vallier,
convaincu de lèse-majesté, saura tôt ce
qu'il en coûte de remuer trahisons et médire
des personnes royales ; sa tête paiera pour
sa male langue, car j'y ai engagé ma foi
de gentilhomme, serment plus horrifique
encore que jurer le Styx. Ainsi trève à ce
propos, et bon soir : j'ai affaire où l'on
m'attend.

—Sire, ayant ouï le prophète, puis le bail-

leur d'avis, tendez l'oreille au médecin ;
donnez-vous garde des amours et voluptés
qui dégâtent l'ame non moins que le corps,
et ne sont mieux purgés par confession que
par médecine.... Ce n'est pas, sire, que je
tienne pour infaillible l'art hippocratique ;
au contraire, ôtez-moi telles âneries et rê-
vasseries. Quant à la confession, vraie médecine de l'ame, je la dirai réellement trop
plus fausse, incertaine et vaniteuse...

— Par la morbieu ! suis-je pas insensé
d'écouter, par le froid et à cette heure indue, les aberrations et abstractions de ce
marchand de fumées, que j'envoie à tous les
diables verts, en cas qu'il y veuille aller ! Hé !
s'ébahit-on qu'un tel homme ait voyagé à
Cologne, à Dôle, à Pavie, à Londres, à
Fribourg et à Genève, changeant de lieux
plus que le soleil de maisons, expulsé de
partout à cause de ses opinions et de ses
ennemis ? Madame d'Angoulême fut empié-
gée et aveuglée à Lyon, quand elle retira ce
maître fol à son service ; adonc je serais
content qu'il s'enfuît à Nettesheym, sa ville
natale, crainte des moines et des fagots.

Dieu vous pardoint comme je fais, messire le chevalier docteur en droit et en médecine !

François Ier, mécontent de s'être arrêté si long-temps à cette oiseuse conversation, hâta le pas dans la rue Saint-Antoine, et se ressouvint seulement de Triboulet lorsqu'il heurta du pied une masse inanimée qui rendit une voix plaintive et des accens étouffés.

— Dieu fort ! Dieu tout-puissant ! Dieu d'Israël et Jacob ! ayez-moi petit en votre sacrosainte garde ! *Kyrie eleïson* ! libérez-moi des piéges infernaux ; protégez-moi sous la targe de votre grâce ; car voilà que la bête apocalyptique, figurant l'Ante-Christ, est issue du puits de l'abyme : c'est le juif Corneille Agrippa ! Plaise à monseigneur le Diable écorcher cet impie sorcier, et de sa peau tannée se vêtir de pied en cap ! Sainte Nitouche et saint Pansart ! est-ce pas un pied fourchu, lequel me gratte le dos sans qu'il me démange ?

— Debout, Triboulet, et silence à ces litanies et suffrages d'agonisant ! O têtes sans

cervelle ! tout le monde est-il affolé, ou
bien suis-je seul de sens rassis ? Çà, debout !
et prends garde à te laisser choir.

— O mon bon sire, vôtre voix accou-
tumée a tiré mon ame des limbes de douleur et terreur panique !

— N'as-tu pas courage de biche et cœur
de renard ?.... Fi ! le vilain s'est embrené
et sali en quelque puant ruisseau : le cœur
me part à si mauvais parfum ; il te faudra
faire copieux usage de benjoin et senteurs.

Triboulet s'était relevé en gémissant de sa
mésaventure ; ses vêtemens et son visage
étaient empreints d'une boue noire et fétide ;
il alla ramasser sa lanterne éteinte et se re-
mit-tristement en marche.

— Arrière ! s'écria le roi reculant de trois
pas, fol hallebrené, ne m'approche d'une
demi-pique, ou je te chasserai du pied comme
chien galeux, plus et non mieux sentant que
baume !

— Bien me prit de vêtir ce vieil accoutrement sans armoiries ni grelots ! mon galant
habit de cérémonie fut préservé des dieux,
tout ainsi que le Grec Simonidès.

— M'aide Dieu, si le docteur Agrippa dit
vérité! mon premier fou Caillette serait-il
enterré ès prisons du Grand-Châtelet!

— De par mon bonnet! sire, j'omis de
vous conter la belle capture que je fis...

— Foi de gentilhomme! où est présentement Caillette?

— Aux prisons de votre Châtelet.

— Ma fi! quel a baillé l'ordre de ce faire?
quel l'exécuta? J'admire comme on obéit à
d'autres que moi le roi!

— Sire, je m'excuse d'avoir péché cette
fois par bon vouloir; ainsi ai-je commandé
de mettre Caillette en la plus belle et plus
chaude cellule qui soit au Grand-Châtelet
de Paris.

— Certes, monsieur le fou fait le personnage du roi, tandis que le roi est abaissé au
rôle du fou! Comment et pourquoi, méchant,
avoir joué ce tour à mon petit serviteur? En
récompense de ce, tu seras écroué en sa
place et au même lieu.

— Mon cher sire, tel fait mal pensant bien
faire. Recordez-vous que Caillette, mon
compagnon de folie, délaissa votre hôtel,

contre les statuts qui empêchent les fous du
roi de coucher ailleurs qu'aux maisons
royales; vous fûtes outré, et semblablement
madame d'Angoulême, de cette grièvefaute,
et punition veut qu'en pareil cas le fugitif
soit fouetté des mains du roi des ribauds :
maître Jean Chouart agira-t-il selon sa charge?

— Non! foi de gentilhomme! mon fils
Caillette n'aura pas cette humiliation, dont
il rendrait l'ame. Dis, en quel lieu fut-il
rencontré?

— Sans doute il se cacha de nuit dans
quelque clapier; moi-même, je l'ai vu en
compagnie de certaine femme de vie dissolue;
il entra avec icelle au cabinet du greffier
Malon, vieux paillard et débauché, comme
il n'est que bruit : or, j'allai avertir le lieutenant du guet-royal, et dressai une belle
embûche contre le Pont-au-Change, jusqu'à
ce que Caillette, ivre plus qu'à demi, ayant
un de ces faux visages à barbe que les ordonnances défendent de porter, s'en vint, au
sortir du logis, se ruer parmi nos gens, qui,
sans se soucier de ses clameurs plus que de
son épée au vent, le traînèrent au Châtelet,

sain et sauf, fors malade par déconvenue.

— Foi de gentilhomme! un fol en titre
d'office-a-t-il ceint une autre épée que celle
de bois?

— Tellement, sire, que ce Caillette taillait,
tranchait, espadonnait, estocadait, comme
batteur de fer, et aucuns du guet faillirent
avoir le nez ou les oreilles à bas. Ajoutez
que ledit Caillette offrait les habits et sem-
blans de gentilhomme, ayant déposé bonnet
à grelots, souliers à la poulaine, et tous
insignes de sa charge.

— Holà! quelle rumeur se fait au loin?
il semble qu'on crie : A la force! vers la
place de Grève; allons-y voir? Voleurs et
brigands en viendraient-ils aux mains avec
le guet-royal ou le guet-dormant?

— Sire, mon bon et cher sire, n'y allez
point et plutôt rebroussons chemin! Qui évite
le péril n'y périra. Du moins, monseigneur,
mandez à vous vos archers et garde écossaise
avant que de pousser à ces pillards, boutefeux, bohémiens et mauvais garçons! Pour
Dieu et pour tous les saints! voyez là-bas
la gueule ouverte de la mort! faites-moi

miséricorde : s'il vous plaît, ici demeurerai
en oraison pour le succès de l'entreprise?

— Avise d'abord à réprimer ces grands
hélas, et à me suivre, comme le chien fait
son maître, sinon, foi de gentilhomme…!
N'aie peur au ventre cependant, et te recommande moins au Seigneur Dieu qu'à
ma forte épée, laquelle vaut davantage que
trente soudards armés de toutes pièces. Demeure spectateur du combat; et, si, d'a-
venture, je meurs en cette vulgaire rencontre,
rapporte à ma chère dame de Châteaubriant
que ma pensée suprême fut à son endroit.

Triboulet était plus terrifié du tumulte et
des cris à mesure qu'il les entendait de plus
près : ses dents s'entrechoquaient, imitant
la cliquette d'un ladre; il faisait alternativement deux pas en avant et un en arrière.
Le roi, d'un signe impératif, lui ordonna de
marcher plus vite. Ils arrivèrent en vue de la
place de Grève, au milieu de laquelle un
groupe d'hommes avec des torches, environ-
nant le gibet, jetaient des rires et des éclats
de voix que répétaient les échos de la rivière.

Triboulet se blottissait derrière le roi;

celui-ci, l'épée au poing, observant cette
scène nocturne, était loin de partager l'o-
pinion de son fou, qui croyait fermement
assister au sabbat des sorciers, et redoublait
de signes de croix, de soupirs et de prières.
François Ier, décidé à savoir ce qui se passait, avança toujours avec précaution, et,
caché dans l'ombre des maisons, il parvint
à se glisser le long des piliers de l'hôtel
Dauphin, habité pendant plusieurs siècles
par les prévôts des marchands, et remplacé
depuis par l'Hôtel-de-Ville, qui resta le
siège municipal de Paris.

Triboulet hésita d'abord avant de s'appro-
cher jusqu'aux piliers; puis, fermant les yeux
pour prendre courage, sans discontinuer
ses oraisons mentales, il joignit le roi, qui
regardait attentivement, et s'agenouilla devant une ancienne image de sainte Geneviève,
placée au-dessus du portail de l'hôtel Dauphin.

— Sire, dit-il d'une voix entrecoupée,
en cas de fâcheux évènement, j'irai tôt éveil-
ler monseigneur le prévôt, qu'il fasse sonner
au beffroi et vous prête main-forte!

— Pleurart imbécile, interrompit le roi, ne

sais quelle envie me tient de perforer ta peau
comme crible, afin que ta peur s'écoule avec
le sang ! Cesse de geindre, sinon de trembler !

Cet ordre menaçant imposa silence à
Triboulet, qui se couvrit la face de ses
deux mains et versa des larmes amères.

Cependant, à la lueur des torches et aux
pâles rayons de la lune, le roi put apercevoir
une femme évanouie, étendue sur le pavé,
autour de laquelle étaient rassemblés vingt
archers à pied du guet-royal.

Ce guet parcourait la ville depuis sept
heures du soir jusqu'à quatre du matin,
tandis que le guet-assis ou dormant, com-
posé des gens de métier, occupaient des
postes fixes sur les places et dans les carre-
fours. Ces deux guets étaient insuffisans
et inutiles ; le guet-royal, au nombre de
soixante soldats à pied et à cheval, la plupart choisis dans les lansquenets, pratiquait
des intelligences avec les voleurs, ou volait
lui-même ; le guet-assis, de même que toutes
les gardes urbaines non soldées, faisait
mal son service, ou ne le faisait pas ; le
chevalier-du-guet négligeait alors sa juri-

diction; au point qu'il fallut de nouvelles ordonnances pour rétablir la police de Paris.

Le roi, écoutant les discours que ces gens-là tenaient dans leur langage soldatesque et demi-étranger, cherchait en vain à deviner le mystère de cette aventure.

— Cap de biou! disait l'un, dont l'accent gascon était bien reconnaissable, le mau de pipe vous bire! je beux avec cette gente loube sonner des antiquailles, et si la mènerai au prochain moûtier, c'est l'hôtel d'Annette la Normande.

— Sois bon liffreloffre, reprenait un Suisse; ce qui a signification : trinque, et arry bouriquet!

— Le feu Saint-Antoine vous arde! la maulubec vous trousse! criait un autre; cette fille est, possible, de haut lieu, à voir l'air de sa personne et de sa vestiture; faut la remettre entre les mains de ses parens, pour avoir récompense, et nous départirons la somme de sa rançon, après boire.

— Par l'homme de la rue aux Ours! répondait un quatrième, celle-ci est femme amoureuse de son métier, et issue de sa

chambrette à l'heure du couvrefeu, elle sera
demeurée en route, de lassitude, sans
pouvoir regagner son logis.

— Cinq cents millions de diables! toujours est-elle contrevenante aux ordonnances, qu'elle porte ceinture à boucle et
clous d'or, laquelle sera déclarée appartenir
au domaine du roi par confiscation, et ven-
due; pareillement, ce collet de fourrure et
ces oreillettes de perles enchevêtrées d'or.

— Conte-moi, dame de mes amours, en
quelle rue bordelière tiens-tu logette, le
jour durant? Comment as-tu nom?

— Compaings, à vous dirai sans faute
où se font les grands ébats d'icelle : au Puits
d'Amour? à la rue Baillehoë? en Tiron? à
la cour Saint-Robert? aux rues Chapon,
Champfleury, Brisemiche, Froidmantel?...

— O le beau docteur, qui oublie l'Abreu-
voir Macon, où fut sa crèche, étant vrai fils
de pute!

— Çà, mes maîtres, arregardez ces mains
blanchettes à miracle, ces pieds si mignons,
ces tétins de pucelle! Oh! dame Vénus fut
ainsi faite!

— En temps que vous dégoisez là-dessus
à l'aise, oisons bridés, notre pucelette se
morfond de froid, et, possible, de male
faim ; il convient qu'elle soit transportée
chez l'hôte du Cœur-Volant, en la rue de
la Mortellerie, pour y faire chère-lie, jusqu'à ce que la trompette sonne la retraite.

— Lans ! trinque ! crièrent-ils tous d'un
accord : au Cœur-Volant !

— Mon Dieu ! dit douloureusement Diane,
sortant de sa stupeur, pour retomber aussitôt
sans connaissance dans les bras des soldats.
Suis-je pas morte encore ? O mon père !
mon pauvre père !...

Ces exclamations, proférées d'une voix
douce et déchirante, pénétrèrent au fond
du cœur de François 1er; il se persuada que
cette femme inconnue n'était pas de celles
que disaient ces hommes grossiers ; et d'ailleurs le mouvement d'indignation dont il
fut saisi n'aurait pu se modérer.

— Foi de gentilhomme ! cria-t-il avec une
colère pleine de dignité, méchans belîtres,
vous agiriez d'autre sorte et moins tyran-
niquement sachant que le roi vous a vus ?

Il marcha droit à eux en disant ces mots
et faisant étinceler sa lame de Verdun ; son
apparition subite, plus encore que le ton-
nerre de ses paroles, épouvanta ces misé-
rables, dont une partie se dispersa dans les
rues voisines ; quelques-uns, plus braves ou
plus ivres que les autres, attendirent de pied
ferme, la pertuisane en arrêt : le roi, qui
s'irritait qu'on osât [lui résister en face,
fondit comme un lion sur le premier venu,
le frappa d'un coup d'épée et le perça de
part en part ; tous perdirent contenance
en voyant un des leurs tomber dans son
sang.

— Scélérats, cria François Ier en bran-
dissant son épée ensanglantée, je suis le roi
votre sire, et, à mon commandement, vous
serez traités de même que celui-là, gisant
à l'envers !

Le ton impérieux avec lequel ces mots
furent prononcés ne permettait pas de dou-
ter de la condition du personnage qui parlait ainsi, après avoir fait cette justice ex-
péditive, sans s'émouvoir de la mort d'un
homme, ni craindre les représailles ; les ar-

chers du guet crurent toucher à leur dernière heure ; les uns ôtèrent leur chaperon
et restèrent immobiles comme à l'aspect de
Méduse, les autres se jetèrent la face contre
terre.

Diane, toujours évanouie, était couchée
sur le pavé glacé, à côté du mourant ; Triboulet, un peu revenu de ses frayeurs
imaginaires, parut sur le champ de bataille
quand le danger fut passé ; s'étant mis à
genoux près de la belle inconnue, il l'examinait avec autant de curiosité que d'admi-
ration, au lieu de la secourir.

—Esprits de grelots! disait-il à demi-voix,
Belzébuth s'est-il pas transformé en femme
pour séduire à mal sa majesté très chré-
tienne ?

— Holà! ribauds, demanda le roi aux gens
du guet, montrez-moi votre lieutenant ?

— Sire!... murmura une petite figure de
citrouille, qui se cachait derrière la bande
consternée.

— Qu'avait à faire le guet-royal en la
place de Grève, où résident les gens du guet-
assis ?

—. Lès enregistrés et envoyés dudit guet-
assis, sire, s'excusent de venir, reprit le
lieutenant, dont l'effroi avait cuvé le vin en
un moment, et messieurs les clercs du guet
n'y peuvent rien...

— Foi de gentilhomme ! un édit remé-
diera vite à cet abus inoui. Mais dites, qui
est-ce que cette femme ?

— Sire, menant ci-auprès nos rondes et
veillées, nous trouvâmes icelle en l'état que
la voyez.

— Eh bien! infâmes, pourquoi lui faire
tort par injures et avanies ?

— Hélas! sire, nous pensâmes, moi tout
le premier, que ce fut quelque femme folle
de son corps, chue en pâmoison ou meur-
trie par les voleurs de nuit.

— Oui, voleurs insignes, vilains et per-
vers êtes-vous, d'avoir voulu diminuer l'honneur et los d'une noble dame, qu'un roi
serait bienheureux d'adorer! Quoi! mauvais cœurs gâtés, avez-vous eu cette pensée
tant outrageante, ayant contemplé sans
voile cette beauté séraphique, à laquelle l'ame
demeure pendue et l'œil attaché sans que

l'un et l'autre s'en puissent distraire ? Foi
de gentilhomme! faudrait, pour châtiment,
que soyez boulus au Marché-aux-Pourceaux,
plus justement que faux monnayeurs!

— Sire, mon bon sire et très-honoré seigneur...

— Canailles, dit Triboulet, Dieu vous
envoie la teigne, la gale et le demeurant!
alors que de votre bec saillaient paroles plus
envenimées que couleuvres, ivrognerie vous
déliait la langue!

—Oui-da, monseigneur Triboulet, reprit
effrontément le lieutenant, qui l'avait reconnu, auriez-vous regret à la monnaie
sonnante qu'avez baillée pour frais et dépens de l'arrestation d'un gentilhomme au
bas du Pont-au-Change?

— Merci de moi! se récriait le roi con-
templant Diane, qui n'avait pas encore re-
pris ses sens, onc plus miraculeuse divinité
ne fut montrée aux hommes, et je change-
rais volontiers ma couronne contre si précieux trésor!

Le roi serait resté jusqu'au jour en ex-
tase devant l'étrangère, si Triboulet ne lui

eût rappelé que cet évanouissement exigeait de prompts secours.

— Enfans, dit François 1er aux archers du guet, videz de céans, portez le défunt au cimetière, et n'y revenez plus, pour cause.

Les archers chargèrent en silence le mort sur leurs épaules, et s'éloignèrent, contens d'en êtres quittes à si bon marché.

Le roi, après avoir écarté ces témoins importuns, détacha son manteau, y enveloppa Diane comme dans un linceul, et l'emporta lentement par la rue Saint-Antoine, avec l'aide de Triboulet, qui gémissait sous ce fardeau. La route fut longue et difficile; ils arrivèrent enfin à la pointe occidentale de l'hôtel des Tournelles, au pied de la tour de l'astrologue, qui veillait encore, puisqu'on voyait de la lumière dans son laboratoire; le roi s'arrêta et dit assez haut pour être entendu :

— Seigneur Corneille Agrippa, descendez avec la robe de médecin et venez ci nous rendre goût à la vie!

Un éclat de rire goguenard fut la seule

réponse qu'obtint cet appel; mais les vi-
traux des petites fenêtres s'éclairèrent successivement d'étage en étage, à mesure qu'un
pas grave et pesant s'approchait du bas de
la tour; une porte s'ouvrit et se referma
presque sans bruit; le docteur Agrippa, un
sourire malin sur les lèvres, s'avança vers
François Ier, leva un coin du manteau qui
couvrait Diane, et secoua la tête avec une
grimace qui exprimait moins d'étonnement
que de satisfaction.

— Ah! serait-elle exanimée et jà cadavre
mort? dit le roi en soupirant.

— Sire, répondit Agrippa, en quel lieu
aller? *Daleth ghimel beth aleph!*

— Au Labyrinthe de Dédalus, mon père;
ains, faites, par votre art naturel ou surna-
turel, que celle-là vive, et longuement, pour
que je fasse de même!

— Soyez-nous en aide, seigneur Agrippa!
interrompit Triboulet tout essoufflé; car, de
l'ame ou du corps de cette damoiselle, ne
sais lequel pèse si dru, que mes pauvres
bras s'allongent à pouvoir circonvenir la
grand'science des songes creux, la religion

des philosophes, et la pharmacopée des mé-
decins.

— Mon ami Agrippa, disait le roi, ne
sentez-vous pas le cœur qui repousse son
gorgias et bat dedans sa poitrine? Employez
grimoires, démons, sortiléges, à ce qu'elle
revoie tantôt le jour céleste, le roi de France
devient sur-le-champ votre esclave et obligé.

Agrippa ne répondait point; mais des
éclairs de joie jaillissaient de ses yeux.

Le trajet se termina sans accident, et
Diane fut transportée dans la tour de Dédalus par l'entrée secrète du Labyrinthe,
on la plaça sur un lit large de douze pieds,
sans qu'elle remuât les lèvres ou les pau-
pières; François 1er, l'ame pleine d'amour
et les yeux gonflés de larmes, considérait
cette tête charmante, qui semblait reposer
dans le sommeil de la mort.

— *Jod sadaï!* dit Agrippa; bien fol est
celui qui croit aux vains oracles de la philosophie occulte! toutefois, sire, cette pucelle s'est rencontrée à vous la douzième
heure environ?

— Mon père, répondit le roi d'un air

sombre, adieu mon royaume, adieu la vie,
adieu tout! je ne puis survivre à ses funé-
railles, et toujours sera-t-elle ma sœur d'alliance par le trépas!

Il parlait encore, Diane poussa un léger
soupir.

VI.

«—Oh! point ne veulx toutes armes courtoyses,
Juges du camp pour appayser les noyses ;
Ains veulx espee, au fer frais esmoulu,
Guerre en champ cloz, combast de sang pollu.»
Quel dist cela? C'est, pour dame Geline,
Messire Cocq qui sonne sa buccine,
Son bec aiguise, enrougist ses cristaulx,
Va battant l'aisle, en jouant des couteaulx.

      Fable æsopienne des Deux Cocqs.

VI.

Diane de Poitiers commençait à revenir à elle quand François Ier, ivre de joie, se retira dans son cabinet d'en-bas, après avoir averti Corneille Agrippa des explications qu'il devait donner à la belle inconnue sur le lieu où elle se trouvait et sur les événemens qui l'y avaient conduite; car le roi, déjà épris d'un amour qui ne laissait plus de place en son cœur au souvenir de ma-

dame de Châteaubriant, voulait que sa
royauté fût le dernier aveu à faire à sa nouvelle maîtresse ; il chargea Triboulet d'exé-
cuter ses ordres à ce sujet, et de veiller à ce
que personne ne pénétrât dans le Labyrinthe
de Dédalus.

Le jour ne paraissait pas encore. Dans
une chambre circulaire, tapissée de cuir
vernis, colorée en bleu et semée de fleurs-de-
lis d'or, Diane, couchée sur un vaste lit
fermé de doubles rideaux, était comme en-
dormie ; à mesure que le sang circulait plus
librement dans ses veines, et que les batte-
mens du cœur devenaient plus égaux, ses
joues livides et froides s'animaient d'un
pâle incarnat, ses lèvres violettes prenaient
une couleur rosée, ses membres raidis se
détendaient, et le doux bruit de son haleine
paisible annonçait que l'équilibre de la vie
était presque rétabli.

Au chevet du lit, Agrippa, gravement
assis sur un escabeau doré, portait ses regards alternativement sur Diane et sur un
livre hébreu qu'il lisait à la clarté d'une
grosse chandelle de cire jaune parfumée.

— Souffrir la question ordinaire et extraordinaire! murmura Diane en rêvant ; avoir
le chef tranché sur un échafaud en la place
de Grève!

— *O vanitas scientiarum!* dit avec surprise
Agrippa, levant l'index de sa main droite :
ces mots déclarés par songe signifient plus
que ne ferait l'art divinatoire en ses pratiques multiformes ; il appert de là que cette
belle dame serait réellement la grande-séné-
chale de Brézé, la même que Caillette est
allé visiter au château d'Anet. Par les mânes
des défunts! mon ami Caillette, m'est avis,
revint de Normandie avec icelle, et fut
séparé de sa compagnie par les gens
du guet hier soir, quand on le mena en
chartre-privée, selon les pratiques envieuses
de Triboulet. Adonaï, en sa Providence
intelligente, a sauvé cette dame de violence
et de mort. *Sanctus, sanctus, sanctus Dominus
sabaoth!*

— Qu'est-ce? s'écria Diane s'éveillant
en sursaut ; quel parle de cette sorte ?... Ah!
veuillez me restituer monseigneur mon
père!.. Fasse Dieu qu'il ne s'éloigne! plus

ne reviendrait, ce digne vieillard!... Loin
ce vilain songe!

Diane avait ouvert tout-à-fait les yeux,
et, passant sa main dessus, comme pour
écarter un voile qui les couvrait, elle se
souleva doucement à demi, examina d'un
air troublé tout ce qui l'entourait, recueillit
ses souvenirs, et regarda fixement Corneille
Agrippa, silencieux et immobile comme s'il
fût de marbre.

— Suis-je veillant ou dormant? se dit-elle
à part soi; aïns je vois et entends : ce n'est
donc pas songerie et fumée; pourtant, il ne
me souvient de ces lieux ni du personnage
étrange sis auprès de moi...

—Madame, répondit Agrippa, j'obtempère
à votre ébahissement, car mainte chose in-
croyable est advenue en temps que vous
étiez plus proche de mort que de vie : or
ayez bon courage et fiance en votre étoile.

— De vrai, monseigneur, ceci passe mon
petit entendement. D'aventure, suis-je pas
défunte?

— Non, par grace divine; la froidure et
la peur avaient seulement moult opprimé vos

esprits, ce pendant que gisiez dessus le
payé, sans garde contre les voleurs et gens
du guet, sinon celle de Jésus-Christ.

— Sainte Vierge, mère immaculée! j'ai
souvenance de ce piteux étrif, où je faillis
être forcée par de méchans soudards, lesquels autour de moi maugréaient et blasphé-
maient en un jargon que point ne compre-
nais. Dites, quelle aide propice me vint
retirer des mains de ces païens?

— Le seigneur de Valois, noble gentilhomme, qui, passant où vous étiez à la merci
de ces ribauds, les chassa de son épée, et par
ses domestiques vous fit transférer en son
hôtel, pour avoir cure de votre guérison.

— Messire, je vous remercie du cœur plus
que des lèvres; et aussi M. de Saint-Vallier,
mon honoré père, ne sera méconnaissant si
haut service..... Hélas! qu'ai-je dit, sans
penser à la gêne ordinaire et extraordinaire,
à la décollation sur un échafaud!...

— Je ne suis, madame, celui que vous
cuidez; mais tant seulement suis médecin,
de mon état; le seigneur de Valois, mon
maître, tient mes récipés et ordonnances

pour panacées à toüs les maux; n'est-ce pas
plutôt folie et abusion?... Ohé! adonc vous
pleurez, madame, et soupirez trop! Pleurs
sourdent du cerveau, où loge l'âme, laquelle
sèche de cette effusion lacrimale, suivant
Averroës; contrairement, Avicenne dit profitable quand ces humeurs salées fondent
des yeux par ruisseaux : ô la belle science,
pourvu qu'elle fût vraie et stable !

Pendant cette dissertation médicale, Diane
de Poitiers, à genoux sur le lit, la chevelure
en désordre, les mains jointes, les joues
sillonnées de larmes et la poitrine pleine
de sanglots, ressemblait à une statue de la
Madeleine sculptée par Jean Goujon, et
peinte par Raphaël : le supplice prochain
de son père lui apparaissait en déployant
un appareil horrible, et cette idée inévitable
tordait et dévorait son cœur comme avec
des tenailles ardentes.

Corneille Agrippa l'examinait d'un air
impassible, en ruminant son texte favori, la
vanité de toutes choses; puis, voyant qu'une
violente crise nerveuse contractait les membres de la jeune femme, qui se meurtrissait

le sein avec ses ongles et se roulait de l'un à
l'autre bord du lit, il tira d'un coffret d'i-
voire une fiole remplie d'une liqueur aro-
matique ; il en versa quelques gouttes dans
la bouche de Diane, qui, se calmant presque aussitôt, poussa des plaintes inarticu-
lées, et, délivrée de son agitation convulsive,
fut peu à peu subjuguée par un sommeil
pesant, muet et mort.

— O merveilleux pouvoir de la science! se
dit à lui-même Agrippa, qui méditait debout
près du lit comme devant un tombeau : médecine remédie, voir avec poisons subtils ;
car, ci-bas, le bien dérive volontiers du mal,
tout ainsi que l'excès du bien engendre mal.
Dormi secure, et vade retro, Satanas !

Agrippa sortit de la chambre en fermant
la porte, dont il eut soin d'enlever la clef, et
descendit doctoralement dans la salle où
François Ier, accoudé sur le chauffe-doux,
attendait avec impatience des nouvelles de
l'étrangère, écoutait le moindre bruit qui se
faisait en haut, et repassait dans sa mémoire
les moindres circonstances de sa rencontre
nocturne. Il ne leva pas la tête à l'arrivée d'A-

grippa, mais les premiers mots qu'il prononça exprimèrent les inquiétudes de l'amour.

— Le médecin astrologue, invoquant le Seigneur sous divers noms hébreux, rassura le roi en lui déclarant que la belle inconnue serait hors de tout danger à la suite d'un sommeil factice qui achevait de rafraîchir ses sens; mais il ne laissa rien soupçonner de ce qu'il avait deviné touchant la condition de Diane de Poitiers.

Le roi lui sut mauvais gré d'avoir employé un soporifique qui retardait l'instant d'une entrevue tant désirée; Agrippa ne manqua pas d'excuses philosophiques, thérapeutiques et cabalistiques, pour mieux déguiser le motif secret de cette potion somnifère.

En ce moment, Triboulet revint, après avoir exécuté certains ordres suggérés au roi par son amour naissant. Des rumeurs vagues et lointaines, s'élevant de Paris, annonçaient l'approche du jour.

— Mon fils, demanda François Ier, quelle heure?

— Gallus a sonné son clairon pour éveil-

ler poules et gélines, répondit Triboulet ;
cloches ont tinté trois fois aux paroisses
pour l'oraison matutinale : voilà six heures
environ.

— Foi de gentilhomme! reprit le roi,
dame Aurora se lève plus tard qu'hier; Dieu
m'accorde telle et si longue nuit pour mes
amours!

— Sire, dit Agrippa, avisez quelle dame
ou damoiselle sera gouvernante et suivante
de votre mie?

— Oui-da! interrompit le roi en riant, ma
mie est en âge de se gouverner soi-même,
et à ce l'aiderai, moi, qui suis bien appris
à gouverner mon royaume; ne craignez pas
qu'aucun le trouve mauvais et insolite, fût-
ce mon père confesseur.

— Par les anges Tarmiel et Baraborat!
s'écria Corneille Agrippa, cette dame est
d'illustre maison, sire; et, pour son honneur, il convient qu'elle soit, par des femmes, honnêtement servie.

— Toutefois, dit le roi avec humeur, nul
et nulle aura licence de venir en Dédalus,
sinon Triboulet et vous seulement, maître;

ce lieu étant mieux clos et gardé qu'en la
fable le jardin des Hespérides.

— Sire, répliqua Triboulet, le seigneur
Agrippa tend à meilleur avis, d'autant que
cette belle dame sera fort effarouchée, faute
d'une compagne qui l'apprivoise; c'est pourquoi envoyez quérir dame Malon, la greffière, ou quelque autre pourvue de langue
emmiellée, afin de seconder vos intentions...

— Je n'y suis plus opposant, reprit le
roi d'un air mécontent; dépêche donc d'y
aller, et ne m'importune davantage.

— Sire, ajouta le médecin en arrêtant
Triboulet par la manche, réitérez votre commandement de mettre hors des prisons votre
gentil Caillette (ce dont aucuns recevront
deuil et dépit); autrement sa délivrance tar-
derait jusques à la venue du Messie et de
l'Ante-Christ.

— Comment? répondit avec aigreur Triboulet; sa majesté a bien affaire de si peu!
il sera temps demain de songer à maître Caillette, qui ne jeûnera, ce pendant, pour
attendre.

— Non, de par Dieu! reprit le roi : nous ordonnons que tout d'abord Caillette soit libéré sans autre informé, et que Triboulet, en punition de sa téméraire entreprise au regard d'un de mes plus amés serviteurs, s'en aille en droiture au Châtelet réclamer la délivrance d'icelui.

— Sire, dit Agrippa, devant que je sois de retour, gardez, sur toute chose, de heurter à l'huis de la chambre d'en haut, où j'ai laissé cette belle dame dormant d'un profond somme; peur que, s'éveillant au bruit en sursaut, elle tombe en syncope jusqu'à ce que mort s'ensuive, malgré l'effort de mon art.

— Foi de gentilhomme! s'écria le roi, à ce prix ne voudrais-je onc revoir celle qui m'est jà plus que tout; et, certainement, je patienterai tant que le réveil de nature se fasse. Mais toutefois, monsieur mon ami, revenez vitement, vos onguens préparés, et ne me faites languir à la mode de Tantalus.

Agrippa salua profondément François Ier, et, d'un pas mesuré, prit le chemin de la

tour qui lui servait de laboratoire alchimi-
que et d'observatoire astrologique, tandis
que Triboulet, qui n'avait pas encore remis
son costume de fou, se retirait de son côté,
la tête basse et l'air contrit, en s'excitant à
remplir les volontés du roi, et en machinant
quelque nouvelle noirceur contre Caillette,
qu'il détestait davantage de jour en jour.

François Ier, absorbé dans ses rêves d'a-
mour, et emporté par la fougue de son ima-
gination, pendant plus de deux heures, ne
bougea pas de la place qu'il occupait, debout, les jambes croisées, le front penché
dans ses mains et les coudes appuyés sur
le chauffe-doux : il avait devant les yeux l'i-
mage séduisante de Diane sortant de son
long évanouissement, et il croyait la voir sourire.

— Oh! pensait-il en lui-même, Bonivet
enviera cette merveilleuse histoire; car s'il
était des fées, je cuiderais que cette fille
en fût une, pour vrai; au demeurant, sa
beauté singulière fait qu'il me soucie peu
ou point de son nom et de sa naissance; car
Amour joindrait le ciel avec la terre, et,

dans la fable, les dieux olympiens ne dé-
daignaient pas d'aimer les femmes des hommes.

Le jour commençait à poindre parmi le
crépuscule du matin, lorsque Triboulet,
que sa mission avait rendu chagrin et presque honteux, traversa la voûte du Châtelet,
et se rendit chez le chevalier-du-guet
pour lui communiquer l'ordre du roi, re-
latif à la mise en liberté de Caillette.

— Soit! dit le chevalier-du-guet, avide
et rapace personnage, qui semblait avoir
plus de deux mains. Maintenant, quel
paiera les amendes, aubaines et forfai-
tures?

— Mon cousin, reprit Triboulet, un de
vos archers ne vous en fera faute, ayant,
cette nuit même, reçu dans le corps une
épée pointue et effilée, qu'il eût mieux
aimée en toute autre gaîne.

— Soit! mais qui fit ce beau coup à petit
dommage, lequel me vaudra grosse amende?

— Le roi notre sire épargna cette peine
au bourreau, par la façon dont il châtia
l'insigne audace de vos gens à pied.

— Soit! les deniers du défunt m'acquit-
teront les dépens, et si n'épargnerai les
confiscations : Dieu m'envoie des épaves!

Triboulet refusa, par prudence, d'être
présent au moment où Caillette sortirait de
prison, et déclara qu'il ne voulait point
outrepasser ses pouvoirs ; là-dessus, sans
attendre la levée de l'écrou, il fit une moue
de singe, gonfla ses joues, en chassa l'air
comme d'un soufflet, avec un bruit équi-
voque , accompagna de gestes indécens
ses grimaces, et s'enfuit en montrant les
cornes au chevalier-du-guet, qui lui criait :
Soit!

Triboulet, avant que les boutiques et les
étaux fussent ouverts dans les rues de Paris,
traversa le Pont-au-Change, et alla droit à
la maison de maître Nicolas Malon pour achever son message.

La porte, qui n'était pas fermée, semblait
encore attendre le galant de la greffière :
Triboulet se sentit touché de cette délicate
attention si mal récompensée par François 1er, il entra doucement comme si le
rendez-vous fût son affaire; mais, en mon-

tant l'escalier étroit et tortueux, il se heurta dans l'obscurité contre un homme qui descendait.

— Maudit soit du fol qui s'en vient à cette heure ! s'écria une voix enrouée.

— Ventre sans cervelle ! reprit Triboulet, ce quidam me connaît sans voir clair.

— Heu ! eheu ! mon maître, un lieutenant du guet-royal a la visière nette de nuit autant que de jour.

— Est-ce toi vraiment, compère Huet ? Tantôt n'avais-tu pas belle peur d'être exposé au pilori des Halles, sinon de mourir déconfès, tel que ton compagnon, qui eut l'honneur de rendre l'ame de la propre main du roi ?

— Je renie Dieu s'il est quelqu'un plus brave que le roi notre sire; mais, en vérité, nous étions ivres de l'argent que tu nous baillas pour prendre ce malfaiteur qui fit une si fière résistance.

— Oui, ce Caillette, qui, à mon gros déplaisir, s'est désemprisonné; ce pourquoi il me plaît que me rendiez mes écus honnêtement.

— Il ne me plaît pas à moi ; et d'ailleurs,
vous disais-je, vos écus, transmués en vin ,
ont ma panse pour escarcelle.

— Maugré ma vie ! cria la greffière attirée
sur le pallier par ce bruit de voix , est-ce
pas le roi qui survient ?

— Nenni, répondit Triboulet ; ains voici
le légat de sa majesté , en la personne de son
fou royal.

— Ah ! méchant , dit la dame , avez-vous
cœur de venir si tardivement, et seul encore ?

— Compère Huet, interrompit Triboulet,
qui se ravisa, que vîntes-vous querir céans,
à cette heure indue ? ce n'était pas moi ,
m'est avis ?

— Mon cher maître , répondit le lieutenant du guet avec un gros rire, le roi m'avait
mis aux jambes si hâtive peur, que je me
fusse mussé au logis d'une souris pour refuir
son grand courroux.

— Oui-da, vous avez failli le rencontrer
en ce lieu , où vous pensiez l'éviter, et mal
vous en fût advenu.

— Le lieutenant du guet gronda entre

ses dents, et céda la place au nouveau venu.

Triboulet, ne contraignant plus ses soupçons et sa mauvaise humeur pénétra dans la
chambre à coucher, et regarda d'un air
soupçonneux l'alcôve ouverte, le lit en désordre et la toilette accusatrice de la greffière.

— Ingrat, lui dit-elle avec effronterie,
est-ce de telle sorte que vous gardez votre
foi? Le roi, d'aventure, fut-il arrêté en route?

— Vous devinez assurément, madame la
villotière; mais parlons d'affaires. J'ai idée
et preuves patentes que le compère Huet fut,
cette nuit, de vos amis...

— Trêve, mon petit papegeai, porteur de
clochettes; il ne m'en souvient guère s'il
m'en souvient; aussi bien, nargue des excuses réciproques! De fait tu n'auras point
ta part des dons royaux, lesquels j'eusse
achetés en beaux deniers comptans de monnaie d'amour : ains, pour te donner fantaisie
de réparer cette bonne chance perdue, viens
çà, que je t'accole en bonne étrenne et ga-
lamment...

— A d'autres temps et à d'autres gens!

madame l'hôtelière du guet, il ne m'en soucie pour si peu , et je suis venu à l'intention
d'un très haut mystère politique.

— Quel ?

— Êtes-vous femme discrète autant qu'a-
moureuse , et voulez-vous pas gagner aisément oreillettes , carcan et boucles d'or fin
émaillé, avec bourse pleine d'écus-au-soleil ?

— Marché conclu , gentil vendeur d'a-
mours, et, de ce prix, réserve pour toi moitié des écus, outre la centaine de baisers, en
cas que tu les puisses prendre.

— Nenni-da, plaisante pucelle : ceci soit
fait et dit en tout honneur ; maître Malon
n'en aura ni plus ni moins le chef encorni-
fibulé. Or s'agit de venir à l'hôtel des Tournelles, devant que le jour soit grand, pour
y garder secrètement une dame de merveilleuse beauté....

— Las ! suis-je donc si vieille et si tannée,
que le roi me fait gouvernante de ses maî-
tresses ? Nonobstant , par révérence de son
autorité, ne lui tiendrai-je rancune, et allons
où il vous plaîra me conduire.

— Va, si superbe sois-tu, greffière habile

au poil plus qu'à la plume, tu mercieras
Triboulet de t'avoir pourvue d'une charge
en cour.

— Avise à te payer intérêt et principal,
mon joli sonneur de cloches. Ores, dépar-
tons vitement.

— Maître Malon n'étant pas de ton absence averti, appréhendera que tu sois
noyée, sinon enlevée par tes galans ?

Oh! sa bonne femme n'est son pire
souci, et onc ici ne reviendrais-je, qu'il ne
s'en porterait plus mal et n'en boirait moins.

Dame Malon ayant serré sa houppelande
avec une ceinture de tissu d'argent, laissa
la chambre tout ouverte, descendit avec
Triboulet, qu'elle embrassa de reconnaissance avec l'abandon lascif d'une courti-
sane, jeta un coup-d'œil moqueur sur le
greffier qui ronflait encore, plein du vin de
la veille, et, dans l'empressement de sa
joie, négligea de fermer la porte de la rue.

— Adieu vous dis pour un temps, et Dieu
fasse pour toujours; greffe, sacs, épices et
procès! s'écriait-elle gaîment : voici que je
fais mon entrée en cour.

Accompagnée de Triboulet, qui avait
peine à la suivre, elle hâtait le pas, et gagna
le pont Notre-Dame, quand huit heures son-
nèrent aux horloges des églises et des couvens de Paris.

Des moines de toutes couleurs allaient
processionnellement de porte en porte de-
mander du pain et de la viande pour eux,
de l'argent pour le moûtier, car la règle des
ordres-mendians, aisément éludée, défen-
dait d'accepter l'aumône en argent, sinon au
profit de la communauté et des pauvres ;
c'était un concert de litanies en l'honneur
de tous les saints : les femmes surtout con-
sultaient les beaux-pères sur des cas de
conscience, sur des maladies à guérir, sur
des pèlerinages à faire, et la besace monas-
tique était bientôt pleine ; les écoliers, en
concurrence avec les moines, visitaient les
cuisines, et quêtaient au nom d'Aristote,
qui essuyait plus de refus que saint Antoine
ou saint François.

Dans les rues et les places se répandaient
en foule gens de tous métiers, de la ville et
de la campagne, avec des *cris* plus nombreux

et plus variés qu'aujourd'hui ; les barbiers-étuvistes annonçaient que les bains étaient chauds ; les *porteurs de rogatons* disaient revenir de Rome ou d'outre-mer avec force reliques et objets bénits ; les crieurs publics proclamaient à son de trompe ou de clochette les édits du roi, les morts de la veille, et les prochaines représentations de mystères, sotties et moralités.

Le retentissement des marteaux, le roulement des chariots, les aboiemens des chiens, les volées et les carillons des cloches, les mains, les pas, les voix et le bruit vivant de la population, se confondaient dans une seule rumeur, qui ressemblait de loin au bourdonnement d'une immense ruche d'abeilles.

Le jour était levé, quand Caillette, remis en liberté par le chevalier-du-guet, qui lui fit restituer son épée, et non sa bourse, s'élança impatiemment hors des noires murailles du Châtelet, où il avait passé dans les larmes et le désespoir une nuit éternelle de captivité.

Préoccupé de vagues inquiétudes, il courut à la maison du greffier criminel, et y entra précipitamment, sans remarquer que la porte de la rue était entr'ouverte : il alla droit à la salle basse, qu'il se reprochait d'avoir quittée la veille en y laissant Diane sous la garde d'un ivrogne. Sur la nappe tâchée de vin, et parmi les bouteilles vides, maître Malon poursuivait son sommeil bachique, qui s'exhalait de sa poitrine en énergiques ronflemens.

— Mort de ma vie ! cria Caillette, qui le secouait rudement par le bras : c'est assez et trop dormir ! à cette heure, m'est avis, nul ne tient ses yeux clos, sinon chez les hôtes du cimetière des Innocens.

— Par mon plumail ! reprit le greffier encore à moitié endormi, est-ce ma faute à moi, qui n'en peux-mais, si ladite damoiselle s'en est allée coucher ailleurs ?

— Sang et tête ! monsieur Malon, dites haut et clair vos menus-suffrages !

— Mon ami, gardez-vous des peines ordonnées contre les blasphémateurs par le feu roi : « Du neuvième jour de mars, l'an de « grace 1510, et de notre règne le treizième,

« frère Guillaume Parvi, confesseur, pré-
« sent... »

— Sur le salut de mon ame ! maître Malon, point ne voudrais commettre crime ni
péché ; ains, pour retenir mon épée en son
fourreau, déclarez-moi ce qu'est ma dame
devenue !

— Caillette, mon avocat, mon notaire,
mon huissier, mon témoin, as-tu cœur d'at-
tenter à ma personne ? De grâce, ne tire l'é-
pée hors de sa gaîne, et ne me condamne
sans m'ouïr !

— Pas tant de paroles vaines, monsieur
Malon ; faites réponse à ce : Là dame sur
laquelle hier soir je vous priai de veiller est-
elle demeurée en votre logis ?

— Oui et non, c'est tout un ; car, pour
un bussard de vin d'Orléans, ne vous ap-
prendrais-je pas ce que moi-même ignore.

— Le grand diable vous puisse emporter !
Parlez, et sans déguisement, crainte que je
me damne tout soudain, pour acquitter le
prix du sang ! la patience m'échappe, et
voilà que je suis en délire.

— Hier soir, il m'en souvient comme de

l'audience, et le signerais-je *ne deleatur,* en
temps que je soupais ici, gai, folâtre, man-
geant la faim et buvant la soif, la susdite
dame se leva de table sans dire Grâces, s'enfuit à belles jambes en la rue, et depuis ne
sais où elle disparut.

— Vieux chef pelé ! penses-tu me paître
de lanternes et m'éclairer de vessies ? Finalement, par bonne composition, diras-tu
vrai à ce moment, ou bien désormais n'au-
ras-tu langue à sonner mot.

— Foi de greffier-criminel ! mon doux
seigneur, ladite dame a tourné les talons,
comme j'ai dit ; et, d'aventure, serait-elle
là-haut avec ma bonne et prude femme,
votre petite servante indigne ?

A ces mots, Caillette, animé d'une dernière espérance, lâcha la garde de son épée,
qu'il serrait d'une main convulsive, et aban-
donnant le pauvre greffier, qui courut se
cacher dans sa cave, il franchit les escaliers,
parcourut les chambres, ouvrit les armoires,
et redescendit morne et furieux.

— Infâme Malon ! cria-t-il, indigné de ne
plus le voir en la salle basse ; ton ange gar-

dien te sauve de ma grosse ire! j'en jure la
barbe de Dieu le père, tu seras accusé et
pendu comme assassin et forceur de femme!
Quant à ta vilaine et digne épouse, ne la
verrais-je conduire par la ville et faubourgs,
nue et chevauchant à rebours un âne galeux?..... Mais non, arrière si méchans
souhaits! Venez, revenez, maître Malon!
où donc êtes-vous? çà, n'ayez peur! ores,
suis-je de sens rassis, et ne vous sera fait
aucun mal.....

Le greffier, qui entendait cette voix menaçante, ne bougeait de sa retraite, et se
signant à deux mains, demandait au ciel
une prompte délivrance et un prompt secours.

Lorsque Caillette se fut lassé d'appeler
inutilement le greffier et la greffière, de
crier et de blasphémer, de s'arracher les
cheveux, de se tordre les bras et de se meur-
trir le visage, il poussa un profond soupir,
joignit les mains comme pour une prière, et
sortit de la maison en pleurant.

Il marchait au hasard, tantôt d'un pas
précipité, tantôt avec une lenteur indécise; il

était si consterné, si abattu, que ses pensées
s'enveloppaient d'un nuage confus, et sa
douleur muette avait l'aspect de la tranquil-
lité. Il erra long-temps aux environs du Palais, traversa le Pont-au-Change, visita les
abords du Châtelet, et arriva enfin sur la
place de Grève, où les passans se montraient
des traces sanglantes auprès de l'échelle du
gibet, qui restait en permanence comme
une image de la juridiction prévôtale.

— Ah ! pensa-t-il tout-à-coup, le noble
et cher sang de monsieur de Saint-Vallier
doit ainsi empourprer le pavé, et sera
pareillement effacé par les pieds des gens
de Paris !

Ce souvenir mélancolique le ramena na-
turellement à la résolution de retrouver
Diane de Poitiers ou de savoir au moins
ce qu'elle était devenue dans cette nuit fa-
tale ; il se hâta de retourner à l'hôtel des
Tournelles, où le roi le mandait ; mais il ne
s'arrêta nulle part dans les cours, les galeries, les préaux, avant d'être parvenu à la
tour de Corneille Agrippa.

Celui-ci était dans une chambre circu-

laire, située au sommet de la tour, et remplie de fioles et de matras en verre coloré,
de boîtes en différens métaux, de vases bizarres contenant liqueurs, poudres, prépa-
rations chimiques, médicales et magiques.
Des livres écrits en toutes langues, des in-
strumens de toutes formes, des lunettes de
toutes dimensions, signalaient au premier
coup-d'œil les attributions du savant, du médecin et de l'astrologue; on reconnaissait
partout les singularités du caractère de Corneille Agrippa, qui réunissait en un seul
individu les instincts, les sentimens et les
idées contradictoires de plusieurs hommes.

On voyait la Bible ouverte vis-à-vis d'un
grimoire de sorcellerie; des reliquaires à
côté de serpens empaillés et de cheveux
coupés sur le crâne des suppliciés; des cha-
pelets mêlés à des baguettes divinatoires;
un monocordion ou harpe à une corde auprès d'un soufflet; des tableaux, des sque-
lettes, des alambics, une image de bouc et
un crucifix.

Le docteur Agrippa se tenait assis devant
un tas de cendres froides où brillaient de

petits lingots d'or, lorsque Caillette entra
pâle et défait.

— Mon élève tant chéri, lui dit l'astrologue
d'une voix émue, chaque chose me persuade
qu'en cet exil terrien, où nous languissons
comme Hébreux *super flumina Babylonis*, le
plus solide est de verre, le meilleur est vanité.

— Maître, interrompit Caillette se mor-
dant le poing, venez-moi en aide présentement ou jamais !

— Sache, poursuivit Agrippa sans chan-
ger de ton ni de posture, que mon anneau
de chevalier, lequel fut fait de pur or, disait-
on, enfermait, outre l'alliage, quantité de
plomb, de cuivre et d'argent : telle est la
figure de cette vie humaine, où le mal se
mélange au bien sans qu'il y paraisse. N'êtes-
vous pas de cet avis, Monsieur ?

A ce dernier mot, prononcé d'un accent
mystique, un gros chien noir, au poil lui-
sant et frisé, sortit de dessous les fourneaux
et rampa en grondant jusqu'aux pieds d'A-
grippa qui lui sourit et le baisa plus tendre-
ment qu'un amant son amante.

— Maître, reprit Caillette caressant l'ani-

mal, qui lui léchait les mains, pour la
prime et dernière fois, je viens solliciter de
vous bon secours et bonne assistance, car
j'ai le cœur tant navré d'angoisse, que je
donnerais pour rien mon corps à la terre et
mon ame au diable.

— Tout beau, Monsieur! dit Agrippa
parlant au chien noir, qui lançait de ses
yeux des éclairs et agitait sa queue en fré-
missant.

— Maître, secourez-moi de votre art, et
enseignez-moi la philosophie!

— Oui, mon fils, pends-toi à cette plan-
che forte contre le naufrage, et par là iras-tu
dans le port. Quant aux imaginations folles
qu'il te plaît nommer mon art, elles fondent
comme neige au soleil de vérité. Est-ce
bien dit, Monsieur?

— Maître, maître, répondez à moi et non
pas à Monsieur! s'écria Caillette, qui ru-
doya le chien noir auquel s'adressaient les
interrogations d'Agrippa. C'est déjà trop
tardé!

— Caillette, le présent, de même que l'a-
venir, est, depuis la création, écrit en signes

visibles aux astres; donc, j'ai lu, cette nuit,
ce livre éternel, patent aux yeux des philosophes. Était-ce pas une belle nuitée, Monsieur?

— Seigneur Agrippa, si ne voulez me
prêter audience selon la circonstance extrême, je vais d'ennui me précipiter de cette
tour en bas!

— Méchant, t'ai-je pas dit que je sais à
fond la cause nouvelle de cet ennui, lequel
d'un mot puis guérir? mais, ce mot remé-
diant, onc ne devrais-je le proférer? Con-
seillez-moi, Monsieur?

— Maître, le vautour de Prométhéus fait
sa curée de mon triste cœur; toutefois,
quelque chose que je pâtisse d'attendre, si
attendrai votre bon plaisir.

Caillette s'appuya contre une table de
pierre, croisa les bras avec résignation, et
se tut. Le chien noir se rapprocha de lui et
le flatta du regard et de la queue, comme
pour exprimer sa joie de le revoir; mais
Caillette ne prenait pas garde à ces caresses.

— Mon cher fils, continua l'astrologue, à
si savant garçon que tu es je n'arraisonnerai
par figures et langage étranges. Or, sache

qu'un archer du guet, hier soir, me raconta
comme quoi tu fus malement arrêté et em-
prisonné : par quoi j'ai travaillé auprès du
roi à ta libération.

— Fûtes-vous informé de la perversité
nuisante de Triboulet, qui me procura ce
déplaisir ? Que je meure, s'il n'acquitte son
offense avant le jugement des ames !

— Tu ne me contes rien de ton voyage,
comme si j'eusse tout deviné ! En effet, madame Diane de Poitiers t'accompagna volontiers d'Anet à Paris, ainsi que tu le désirais
de si belle ardeur : saurais-tu pas quel lieu
la tient à présent, et ce qu'elle devint cette
nuit !

— O mon maître, votre démon familier
vous a détaillé ce mystère ! désormais n'allez
plus nier la philosophie occulte et ses mira-
culeux secrets. Ah ! si eûtes avis du ciel ou
de l'enfer touchant la fortune et la demeure
de ma dame, dites-le pour alléger ma souf-
france, laquelle, ayant versé de grandes
pleurs, s'écoulera bientôt avec tout mon
sang.

— Est-ce point là un fou véritable, Mon-

sieur?... Or, Caillette, mon cher fils, toi
que j'aime paternellement, depuis quatre
mois environ que je te connais sous tes habits de bouffon royal, toi que j'instruis en
la discipline de Moïse, de Platon et de Faust,
toi que veux enrichir du Grand-Œuvre
Hermétique, mon petit docteur, évite la vi-
père parmi les fleurs, le poison en la rose,
la mort dans l'amour! Cet avertissement te
puisse conserver sain et sauf contre un
danger trop plus redoutable que les sept
plaies d'Egypte! Pour combattre Amour
armé à l'avantage, demeure au fort inexpu-
gnable de Philosophie, faisant munitions de
sciences, rempart d'études, et arsenal de
vertu.

— Maître! interrompit Caillette, dont la
patience était à bout; au nom de Monsieur,
votre bon chien noir, tuez-moi plutôt d'un
coup de masse qu'à force de piqûres d'é-
pingles! Après un si long temps que suis
martyré et passionné, dites ce que savez de
madame Diane, fût-ce de quoi achever mon
trépas! aussi bien, il m'indigne de vivre en
ce terrestre val de peines et d'angoisses.

— Vraiment ! ne faut-il que cela pour te
solacier et réjouir ? Madame Diane a été
rencontrée par le roi et Triboulet...

— Encore Triboulet, ce déloyal ennemi !
Quoi ! sa majesté a vu Diane, si vénuste et
si gracieuse qu'il me fait mal d'y penser !
Où fut cette fâcheuse rencontre ?

— De nuit, vers la place de Grève, en laquelle Diane gisait en pâmoison de peur,
mais sans autre encombre. Dis-je pas vrai,
Monsieur ?

— J'avais si grand' crainte que le roi la
vît !

— Si la verra-t-il à son aise, d'autant
qu'elle est retirée en cet hôtel...

— Par la morbieu ! que ne le disiez-vous
d'abord, je n'eusse tant usé de salive ! Çà,
puisqu'elle loge aux Tournelles, la verrai-je
tout mon saoul ; mais, hélas ! le roi semblablement la verra..... O Triboulet ! cœur
faux et gâté, loup et renard, à quand le
loyer de tes offices malhonnêtes ? ne te
pourrai-je faire onc plus de mal que tu
m'en fis !

Caillette, se parlant tout haut à lui-

même, s'était précipité hors du laboratoire
d'Agrippa, qui le rappelait à grands cris et
s'efforçait de le suivre après l'avoir perdu
de vue; Caillette descendit l'escalier à vis
de la tour, traversa en courant le grand
préau, où se donnaient les joûtes et les
tournois, entra dans la vieille salle des
Écossais, resplendissante d'armes et de
trophées, passa dans la galerie des Cour-
ges, ainsi nommée des peintures de ces
fruits qui couvraient les murailles, et fut
arrêté par un choc inattendu, à l'entrée de
la salle Pavée, qu'on désignait de la sorte
à cause de ses grossières mosaïques de
marbre coloré.

Il baissa distraitement les yeux, et ren-
contra ceux de Triboulet, qui trembla,
rougit, pâlit, bégaya, et resta comme fas-
ciné, sans pouvoir faire un pas ni prononcer une parole : Caillette, le regard fixe et
enflammé, muet, grinçant des dents, la
main aux gardes de son épée, inspirait un
tel effroi à son adversaire, que celui-ci eût
voulu se réfugier dans les entrailles de la
terre; mais ils étaient seuls, personne en

ce lieu ne devait les entendre; et Triboulet,
se voyant à la merci d'un homme qu'il avait
grièvement offensé, sentit une sueur froide
ruisseler par tout son corps.

Cependant Triboulet eut le temps et la
présence d'esprit de se remettre un peu et
de feindre une assurance qu'il était loin
d'avoir; il éclata de rire, et comparant du
geste son habit de ville avec celui que portait Caillette :

— Mon cher frère, s'écria-t-il, m'est
avis que rien de nous ne tient à la condition de fol en titre d'office, lequel est coiffé
du bonnet à grelots; car, vêtus à la mode
des gens de Paris, sommes-nous pas d'air
et d'apparence non moins sages que le plus
docte Caton qui soit sur terre ?

— Détestable fol, interrompit Caillette à
voix haute, bienheurée soit dite la fortune
qui t'offre à moi plus tôt que tard! il n'y
aura point entre toi et moi nouveaux torts
et vieux comptes; partant, serons-nous
quitte à quitte.

— Par ma sacrée mère Tobie! mon digne

frère, ai-je dette aucune envers votre seigneurie?

— Assurément, malotru, traître et méchant : quel autre que toi m'a condamné à la prison? qu'avais-je fait pour être, sans édit signé et scellé, appréhendé au corps et enchaîné de même que larrons, bohêmes et boutefeux?

— Hélas! mon pauvre Caillette, qui eût pu croire qu'on vous traitât tant inhumainement que Scythes et Tunisiens n'eussent fait pis?

— Eh quoi! fourbe détestable, oseras-tu dire non à tes méchancetés manifestes? Quel encore produisit à la vue du roi madame Diane de Poitiers?...

— Je jure l'ame de ma cornemuse, monsieur mon ami, que je n'entends ce que vous dites, non plus que si ce fût langage hébreu ou syriaque.

— Voyons çà, si vous entendrez de meilleure oreille, maître Triboulet : vous êtes un lâche et mal avisé; tous les vices sont vôtres...

— Y compris la gourmandise et tête
folle, je le confesse.

— Oui, de par Dieu! il n'est au monde
nul plus impudent menteur, plus félon,
plus odieux! lesquelles choses je vous for-
cerai, le pied sur la gorge, de confesser
publiquement. C'est pourquoi je vous porte
défi à mort, acceptant toute arme qui mieux
vous conviendra, fussent lance, hache,
poignard, hacquebutte ou autres bâtons de
guerre.

— N'allez point omettre l'épée de bois,
qu'en notre état on manie plus ordinaire-
ment.

— Oui, je vous combattrai à pied, à cheval, avec ou sans cuirasse, sans trêve ni
merci, jusqu'à ce que l'un de nous n'ait
plus vie au corps!

— J'accepte ce combat singulier, pour
le divertissement des dames et du roi, qui
là seront : le prix du vainqueur soit une
marotte neuve bien ouvragée en orfévrerie;
ensuite nous paraîtrons en la lice, chacun
armé, de pied en cap, d'une vessie au bout

d'une perche, d'une brette en bois de noyer, d'une aile de moulin....

— Malin belître, penses-tu moquer en face? Par le saint nom de Dieu! raillerie ne fut onc si chèrement payée? Recommande à tous les saints ton ame, si tant est qu'en aies une!

Triboulet, voyant la lame sortie du fourreau, jeta un cri aigu, voulut s'enfuir; mais, retenu par une main vigoureuse, il se laissa tomber à genoux, et murmura des prières avec une ferveur dolente.

Caillette, emporté par l'indignation qui le mettait hors de lui, s'imaginant que Diane avait été victime des intrigues de cet adroit émissaire de galanteries, était sur le point de se porter à des excès de vengeance qu'il eût maudits dans une situation d'esprit plus tranquille: il dirigeait la pointe de son épée contre la poitrine de Triboulet, qui demandait grace et se croyait déjà mort, lorsqu'une voix de femme le rappela soudain à la raison.

— Notre-Dame! lui criait-on, Caillette,

que faites-vous? arrière ce fer tranchant et
pointu! sont-ce querelles flagrantes, ou jeu?

— Ouf! ouf! reprit Triboulet en se relevant, ce meurtrier m'a tant affolé, que le
sang est tari dedans mes veines!

Caillette avait reconnu madame Marguerite d'Alençon, et, les bras pendans, la
bouche béante, il semblait suffoqué de
honte; ses larmes se firent jour, et il pleura
en silence abondamment, tandis que Triboulet racontait avec feu les détails de leur
altercation, et avait soin de rejeter tout le
blâme sur son rival.

— Tu mens, vilain! tu mens par la gorge!
répéta vivement Caillette; le roi connaîtra
comme la chose s'est passée à ton déshonneur. Ah! madame et maîtresse, veuillez
m'annoncer en quel endroit est celle-là que
j'ai promis garder à tous risques et périls?

—Laquelle? reprit la duchesse d'Alençon.

—Madame Diane de Poitiers, que je me-
nais à Paris pour suivre le procès de messire de Saint-Vallier, son très honoré père,
comme vous le disais au départir.

— Sainte Alivergeot! grommela Triboulet, voici occasion favorable de le convaincre
de trahison et intelligences avec les gentilshommes du connétable.

— Triboulet, dit madame Marguerite, on
croirait que tu fais amples actions de grace
et patenôtres, mâchant quelque *Te Deum* en
joie de te voir sauvé sans égratignure?

— Nenni, madame; je m'en vais son-
geant, à part nous, que les dieux d'autre-
fois ne vivaient d'ambroisie et nectar, ains
de haine et vengeances.

En ce moment Agrippa arrivait sans bruit,
et, interrogeant le pouls agité de Caillette,
avant d'avoir salué madame Marguerite, il
commença en ces termes :

— *Teth, cheth, zaïn, vauhé, daleth, ghimel!* Mon fils, es-tu pas de ces esprits venus
de Jupiter, lesquels apparaissent près
du cercle magique, la face rouge de
sang et de colère, parlant avec aménité?
Motus eorum est coruscatio cum tonitru; ceux-
ci portent un glaive hors de l'étui, et che-
vauchent un cerf...

— Seigneur Agrippa, interrompit Triboulet en faisant la moue à l'astrologue, sa majesté vous somme de venir à la tour de Dédalus.

— Mon démon familier, répondit l'astrologue, m'en avait averti, et j'y allais. *Commissoros spughguel amaday!* Est-ce de vrai, Monsieur?

— Oh! seigneur Dieu! s'écria Triboulet, qui s'enfuit avec des cris d'épouvante, éloigne-toi, démon sous la figure du chien noir!

Le chien mystérieux d'Agrippa caressait son maître, la queue et les oreilles basses; mais, aux cris de Triboulet, il grogna, souffla, jappa, gratta la terre, et courut autour de celui-ci en se rapprochant du centre à chaque circonvolution; Triboulet faillit mourir de peur, et, tombant à genoux, la main sur les yeux, il marmotta des oraisons entrecoupées de plaintes et de sanglots, pendant que le chien noir tournait avec plus de vitesse comme pour l'emprisonner dans un cercle magique.

— Monsieur, dit Agrippa, vous besognez

à tort! *Sela behemoth!* Allez donc, Monsieur, garder le balai-ramon de la cheminée !

Le chien noir piaffa, comme fait un cheval, et, obéissant à son maître, partit plus rapidement qu'une flèche au vol, et Triboulet, content de se voir délivré d'un ennemi si terrible, disparut presque aussitôt que lui.

Caillette n'avait pris aucune part à ce qui venait de se passer; il restait immobile, les regards baissés; on l'eût dit occupé à compter les pierres du pavé en mosaïque. Agrippa le poussa doucement pour attirer son attention, sans que Caillette levât la tête.

— Mon cher disciple, lui dit-il d'un ton caressant, à la minuit, l'œil érigé en haut, j'admirais ta prospérité à venir, sciences, richesses, honneurs, longue vie...

— Las! mon père, s'écria tristement Caillette, d'abord rendez-moi ma dame! ensuite je croirai, comme Évangile, votre cabale et magie.

— Ingrat, reprit Agrippa, remémore-toi mes préceptes philosophiques, et sois confiant aux bons anges, desquels sont trois hiérarchies de bienheureux : quatre présidant aux points cardinaux du ciel, sept se tenant devant la face de Dieu, neuf gardiens des neuf cieux, douze ordres d'élus...

— Caillette, interrompit Marguerite d'Alençon, ayez toujours espérance, en Dieu principalement, en vous-même; en vos amis. D'ailleurs apprenez, pour vous encourager, qu'au jour d'hier, j'ai obtenu du roi, mon bon frère, que pas un des gentilshommes ne sera exécuté à mort sans mon consentement, lequel je reculerai de plus de cent lieues.

— Madame, dit Agrippa en riant, possible est qu'une autre personne ait reçu de mondit roi serment contraire, tant il est d'ame et de cœur léger!

— Ah ! répliqua vivement Caillette, la vie des autres et la mienne sont de petite valeur, pourvu que M. de Saint-Vallier, le père de Diane, soit absous et vivant!

— Mon ami, continua l'astrologue, à quoi bon vous embrouiller la cervelle de calculs, caractères et figures astrologiques?

pratiquez plutôt les vertus, religion et
sagesse d'un chrétien philosophe : ainsi
serez très heureux, en tant que fuirez le
venimeux serpent 'Amour.

— Oh! que c'est bien parler, cela!
soupira la duchesse d'Alençon.

— Non, répondit Caillette, en ma pauvre
et misérable condition, ce n'est qu'Amour
qui me sourit; car, si de tous les maux il
est le premier, aussi est-ce le plus grand
bien de tous.

— Oh! que c'est bien parler; cela!
soupira encore madame Marguerite : maître
Clément Marot ne dirait mieux en rimes.

— Voirement, poursuivit Caillette, Amour
seul me réconforte, embaume les blessures
ouvertes en mon cœur, m'excite à suppor-
ter ma basse fortune, et maintefois soulage
le pire de mes ennuis.

— Lequel, mon gentil Caillette? demanda
la princesse.

— Être fol en titre d'office royal et cu-
rial! murmura Caillette avec un accent de
rage.

— Dieu et ses anges vous tiennent en leur sainte garde, madame! dit Agrippa. Caillette, viens-tu pas à la tour de Dédalus?

— Diane y soit-elle! s'écria Caillette en devançant son guide.

FIN DU DEUXIÈME VOLUME.

MONSIEUR BOT